Die sagenumwobene Insel

Ellen Rot

BoD™
BOOKS on DEMAND

Bibliografische Information der Deutschen Nationalbibliothek:
Die Deutsche Nationalbibliothek verzeichnet diese Publikation in der Deutschen Nationalbibliografie; detaillierte bibliografische Daten sind im Internet über http://dnb.de abrufbar.

© 2015 Ellen Rot
Cover: www.pixabay.com
Lektorat, Korrektorat & Buchlayout:
Lektorat Buchstabenpuzzle Bianca Karwatt
www.lektorat-buchstabenpuzzle.de

Herstellung und Verlag: BoD – Books on Demand, Norderstedt
ISBN: 978-3-7386-4399-2

MIX
Papier aus verantwortungsvollen Quellen
Paper from responsible sources
FSC® C105338
FSC
www.fsc.org

Ellen Rot

Die sagenumwobene Insel

Inhalt

Prolog..9

Mitten im großen Gemüsemarkt 10

Voodoo – Geschäft (Zauber der Karibik).............26

Wir möchten allein an den Strand...........................39

Am Strand 42

La Casa del Kilometro 5 (Saga, Legende).............47

Böse Sonntagsüberraschung 62

Frau im roten Kleid am Straßenrand (SAGE)........71

Einladung beim Ältesten im Dorf (Sage) 87

Zauberhafter El Limon..106

Ab nach Las Terrenas 111

Zum El Limon..119

Der Dschungel-Aufstieg 124

Müllabfuhr auf der Insel...136

Einkaufen in der Touristenhochburg...................141

Die Pilgerstätte (Saga, Kuriositäten) 149

Die Gartenparty..165

Im Spital 174

Besuch der Schmetterlingsfarm 185

Ein normaler Montag 192

Das Reisfeld von Ramon..198

Der große Knall 209

Kleider- und Schuheinkauf 218

Die Straßenverkäufer..227

Die Erscheinung des Heiligen Herz Jesu 235
Die Zigarrenfabrik 239
Der Beginn eines echten Dschungel-Abenteuers.254
Sehenswürdigkeiten. - Insel der 7 Brüder............ 264
Annas 15. Geburtstag. 269
Ausflugsziele 275
Rudis Paradies....................................... 278
Puerto Plata City Tour 279
Unsere Favoriten..................................... 280
Über die Autorin..................................... 282

Prolog

Lassen Sie sich entführen in eine andere Welt.

Warum Sie dieses Buch lesen sollten? Weil es Ihnen, dem Leser die Vielfalt des Landes näher bringt.

Ansässig auf der Insel. Angekommen im Paradies? Vieles empfinden wir für uns unverständlich. Es scheint uns, dass die Menschen ohne Bedürfnisse leben. Soziale Unterschiede, die größer nicht klaffen können.

Überlieferte Sagen, Mythen, Kuriositäten, Legenden, die uns unvorstellbar vorkommen.

Lesen Sie sich hinein in eine Welt, die uns alle unbekannt, mysteriös anmutet.

Die Natur bietet zauberhafte Anblicke. Die Pflanzenwelt ist einzigartig. Manche Küste, wo der Wind sanft die Wellen an den Strand spült, erinnert an ein Paradies.

Eine Welt aus Magie, Zauber und Unwirklichem. Vermischt mit einer gehörigen Prise Humor - auch über mich selbst.

So ist das Leben doch viel entspannter.

Mitten im großen Gemüsemarkt

Wir bestellen ein Taxi, das uns die ›Perle‹ Esther empfohlen hatte. Es ist ein entfernter Verwandter von ihr. Ja, gut, im ›Bario‹ sind sehr viele miteinander und auf irgendeine Weise untereinander verwandt. Wir sagen zu und sie telefoniert umgehend mit Juan Miguel, um ihm ihr Anliegen vorzutragen. »Er wird Morgen pünktlich um sieben Uhr an der Pforte auf euch warten«, teilt sie uns mit.

Bevor sie ihre Arbeit beendet und nach Hause fährt, erhält sie von uns einen Hausschlüssel.

Juan Miguel kommt andern Tags wie besprochen um sieben Uhr in der Früh.

Esther erscheint kurz darauf auf der Bildfläche, um in aller Ruhe die Hunde in den Garten zu lassen.

So können wir ohne Probleme einen ganzen Tag unterwegs sein. Wir dürfen Esther, der ›Perle‹, einhundert Prozent Vertrauen, sie guckt, dass kein ungebetener Gast ins Haus kommt. Rigoros ›verteidigt‹ sie unser Hab und Gut.

Mit den Hunden versteht sie sich ausgezeichnet.

Die Drei bekommen das Futter, ebenso zahlreiche Streicheleinheiten. Die Hundenäpfe sind bereits durch mich abends zuvor, vorbereitet und beschriftet worden.

Ein prächtiger Tag empfängt uns. Die Sonne scheint, der Himmel in einem dunkeln blau gefärbt, kleine weiße Quellwölkchen, die Zuckerwatte ähnlich aussehen, dass alles wirkt fast kitschig. Eine sanfte Brise weht. Einen besseren Tag für den Ausflug konnte uns nicht widerfahren. Der Wettergott meint es wirklich sehr gut mit uns.

Das ›Taxi‹ steht bereit und siehe da, wir kennen diesen Mann. Das er Juan Miguel heißt, wussten wir bis dahin nicht. Er stammt wie Esther aus dem Armenviertel. Dort ist auch Esther zu Hause. Bis vor kurzer Zeit wurde Juan Miguel von Touristen gebucht, um diesen die abgelegenen Strände, die Wasserfälle, die diversen Höhlen und die Sehenswürdigkeiten zu zeigen.

Nur zurzeit fehlt es an Gästen, die ihre All-Inklusive-Hotelanlagen verlassen und ihr Geld außerhalb ausgeben möchten. In diesen Hotelbunkern wird den Gästen alles von A bis Z geboten. Lächelndes und immer freundliches Personal.

Viele der Angestellten wohnen, oder besser gesagt hausen in kärglichen Hütten. Verdienen im Monat keine dreihundert Euros. Mit ihrem geringen Einkommen müssen sie die ganze Familie ernähren?

Essen und Trinken gibt es für die Urlauber bis zum Abwinken. Dem Feriengast wird von elf Uhr morgens bis dreiundzwanzig Uhr nachts eine Unterhaltung geboten, ob man will oder nicht. Im Gratis-Transport vom Flughafen bis hin zu ihren Hotels, wird den Urlaubsreisenden eingetrichtert, wie gefährlich es sei, das Hotel zu verlassen. Das sie die Hotelanlage nur auf eigene Gefahr hin ›außer Haus‹ gehen könnten. Es kommt immer darauf an, wie man sich verhält. Wirft man mit großen Scheinen um sich, behandelt die Einheimischen wie den letzten Dreck oder gar wie Leibeigene, muss jeder damit rechnen, dass ihm Schlechtes widerfahren kann. Behandle andere, so wie auch du behandelt werden möchtest. Eine ganz einfache Devise.

Der Weg zum Gemüse-Markt entzieht sich unserer Kenntnis. Mit den Worten meines Mannes erklärt: »Ich fahre besser nicht selber. Ich würde mich wohl dauernd nur ›verfliegen‹ in der Großstadt von Santiago«.

Der Fahrer, Juan Miguel, spricht zum Glück etwas Deutsch, sodass er uns, vor allem meinem Partner, diverse Erklärungen geben kann.

Die Tour dauert Stunden. Führt uns durch verschiedene Gebiete. Hinauf in die Berge, danach wieder hinunter in kleine Dörfer.

Diese Insel wechselt alle fünfzig Kilometer ihr Gesicht. Mal ist das Terrain ähnlich den Schweizer Alpen. Der Unterschied besteht darin, dass Palmen den Platz einnehmen. In der Schweiz wären es Tannen, Buchen, Eichen oder anderes Gehölz. Schwarz, weiß gefleckte Kühe grasen unter der karibischen Sonne. Suchen sich Schatten unter den Palmen. Ein Bild, das mich nicht mehr loslässt. Irgendwie passt das so gar nicht zusammen. Schweizer Kühe, Palmen, dschungelartiges Berggelände.

Nun passieren wir eine Gegend, in der wird vor allem Gemüse angebaut. Überhängend am Abhang klettern die Bauern herum. Kartoffeln, Karotten vieles mehr pflanzen die Leute an. Lebensgefährlich an solchen Steilhängen zu arbeiten. Ohne irgendwelche Absicherung eines Seiles oder gar eines anderen Bauern, klettern sie verlassen in diesen Abhängen herum, nur um die kärgliche Ernte einzubringen.

Geschieht ein Unfall, sind die Personen gezwungen, sich selbst zu helfen. Kein Arzt, kein Spital weit und breit zu sehen. In der Nähe gibt es nichts. Einige Hütten von anderen Landwirten, die ebenfalls auf ihren Äckern unter der sengenden Sonne am Arbeiten sind. Schreien, Rufen kann die Rettung bedeuten, hoffen, dass man gehört wird. Nachbarschaftshilfe ist das erste Gebot, ansonsten ist man verloren.

Von Toten hört man, die beim Ernten abgestürzt sind. Von solchen Nachrichten ist hier niemand mehr berührt. Ein Menschenleben wird hier auf der Insel nicht so hoch angerechnet, wie in Europa. Besitzt einer nicht genug, ob Geld, Haus oder Land, ist das

Leben eines Menschen nix wert. Kein Bauer verzichtet auf diese gefährliche Arbeit. Bedeutet es doch, die Familie ernähren zu können. Vom Verkauf des Gemüses einige Pesos zu verdienen.

»In der Schweiz würde sich umgehend - zur Kontrolle dieser gefährlichen Arbeitsweise, der unkorrekten Kleidung, dem Schuhwerk - die ›SUWA‹ melden. Sofort ein Verbot für jene Arbeit erteilen«, meint kopfschüttelnd mein Mann zu mir.

Etwas entfernter ändert die Landschaft ihr Bild. Orchideen, eine farbenprächtige Vielfalt. Erstaunt, was für eine Variationsbreite an Orchideen, rief ich: »Halt, stopp, da muss ich unbedingt Fotos knipsen.«

So etwas Prächtiges an Farben und die Formen der Blüten machen es mir unmöglich, diese zu beschreiben. Nuancen der Pflanzenblüte in Uni, bunte, getigerte, gefüllte, eine Verschiedenheit es ist ein Erlebnis, dies alles in natura zu sehen.

Duftender Wildwuchs, der an Baumkronen sitzenden Orchideen.

»Parasiten«, erklärt der Fahrer, Juan Miguel, uns. Verschiedene Sorten und Arten kaufen, möchte mein Gatte. Im Garten zu den schon bestehenden Orchideen einpflanzen. Gefallen findet mein Lebenspartner daran, seine Gruppe der Orchideen erweitern zu können.

Kauft er jetzt ein, dürfen wir auf direktem Weg wieder nach Hause. Die Blumenpracht die ganze Reise hindurch im Kofferraum lagern? Das vertragen die zarten Pflanzen nicht. So verschieben wir diesen Orchideen-Einkauf auf die Rückfahrt.

Steil bergab führt die Tour. Durchqueren Gebiete, naturbelassene Berglandschaften, winzige Rinnsale, die nur zur Regenzeit Wasser mit sich führen, die es verdienten in zahlreichen Reiseführern erwähnt zu werden. Naturliebhaber und Fotografen kämen auf ihre Kosten bei solcher Flora. In Kürze erreichen wir einen wunderschönen Ort. Auf einer Aussichtsplattform bremst unser Begleiter.

»Schaut, dort unten seht Ihr die Stadt.« Riesig, von hier oben sehen wir nur zahllose Dächer. Die Bedachungen einer Großstadt. Die Aussicht auf Santiago ist eindrücklich. Ein leichter Nebel - Smog hängt über der Provinzstadt. Die Größe dieser Stadt wird uns erst jetzt richtig vor die Augen geführt.

Wir wären ohne Juan Miguel hilflos. Wir würden uns nicht zurechtfinden mitten in diesem Gedränge der Metropole von Santiago. Herumirrend, verfahrend, schwitzend und suchend, fragend nach dem Gemüsemarkt, das wäre mit Bestimmtheit vorprogrammiert. Der Verzweiflung nahe durch dieses Getümmel. Gekonnt lenkt der Fahrer Juan Miguel das Auto unter Einsatz seiner gekonnten Fahrkünste quer durch den dichten Straßenverkehr. Da wird man tatsächlich ab und zu touchiert. Mofas kommen verdächtig nahe. Muss man an einer Ampel anhalten, geht die Post ab: Jeder möchte entweder die Windschutzscheiben reinigen, SIM-Karten, Handy-Hüllen, Obst, Nüsse, Scheibenwischer verkaufen.

»Aufpassen«, mahnt der Mobilist.

Dieses Gewirr von Autos. Lastwagen, Mofas, Fußgänger und Frauen, die schwere Obstkörbe auf ihren Köpfen jonglieren.

»Obst, frisches Obst«, schreit die Dominikanerin, tritt an das Wagenfester um ihre Früchte los zu werden. Im Qualm der Abgase steht eine etwas ältere Person. Eine Holzstange waagerecht in der Hand haltend. An dieser baumelten am Maul befestigt Fische in jeglicher Größe und Form.

»Ein Straßenhändler«, erklärt Juan Miguel, »der seinen frischen Fisch an den Mann bringen möchte.«

»Eher geräucherten Fisch in diesem Smog«, antwortet mein Gatte.

Wir öffnen die Fenster, da schlägt uns ein Gestank von Abgasen entgegen, dass wir rasch wieder hochkurbeln. Ein Ampelgewirr, jedoch so eingerichtet, dass man die Sekunden sieht, wie lange die Rotphase noch andauert. Leuchtreklamen, Werbefilme, uralte Lichtfasssäulen dienen zur Ablenkung der Automobilisten. In Europa ein No-Go. Fahrzeuglenker - die würden den fließenden Straßenverkehr ins Stocken geraten lassen. Autos stehen mitten auf der Fahrbahn, es wird gehupt, geschrien. Pannen, geplatzte Autoreifen, Pneus, die sich selbstständig vom Gefährt loslösen. Blechteile liegen auf dem Fahrstreifen. Löcher in Auspuffanlagen, vom Rost zerfressen? Extra hineingeschlagen? So, auf jeden Fall tönt das Vehikel, als donnere ein Porsche an einem vorbei.

Aus der Ferne durch den dichten Verkehr erkennen wir, dass weiter vorne der Gemüsemarkt sein muss. Parkmöglichkeiten, eine Rarität in der Großstadt. Die Sucherei beginnt. Der Fahrer, Juan Miguel, ein Kenner von Schleichwegen.

»Die Polizei kontrolliert. Wenn ein Wagen an einem ungeeigneten Ort geparkt ist, wird dieses Fahrzeug sofort abgeschleppt. Vor allem, wenn ein Auto in oder vor einer Kurve steht, der Polizist zugleich noch Hunger hat ... Das kostet einige Pesos«, klärt er uns auf. Kostbare Zeit geht verloren, bis ein freier Parkplatz gefunden ist.

»Aussteigen, Wertsachen verstecken. Uhren abnehmen. Kamera, Handtasche, Geldbörse verbergen. Die klauen wie die Raben«, erklärt uns der Begleiter.

Zuerst fällt uns ein antiker Pick-up auf. Die Reifen fehlen und Türen sind nicht ersichtlich. Ein Campingstuhl ersetzt den Fahrersitz, dort platziert eine

Geldkassette. Rostig ist dieses Vehikel, die Ladefläche überfüllt mit Ananas.

Eine ausgezeichnete Geschäftsidee. In Gedanken sehe ich mich wieder in der Schweiz.

»Wenn alle Stricke reißen, werde ich so ein Geschäft in der alten Heimat eröffnen. Nur, die Schweizer würden das nie zulassen. Hygiene?«

Der Taxifahrer, Juan Miguel, begleitet uns in eine mit Zinnblech bedeckte Halle. Riesengroß, glühend heiß, der Boden glitschig und rutschig. Gemüseabfälle entsorgt man direkt auf jenem Morast. Was für ein Glück, das wir in die Turnschuhe geschlüpft sind. Da krabbelt so einiges an Getier herum. Fliegen, sogar Mücken belästigen uns. Mein Blut lieben diese Moskitos extrem, stechen immer wieder zu. Egal welches Körperteil die Biester aussuchen, immerfort finden diese lästigen Viecher eine freie Stelle, um ihren Stachel mit Wucht unter die Haut zu bringen. Stiche an sämtlicher freigelegter Haut.

›Wie sehe ich denn nur aus? Bin ich von Stechmücken oder Sandflöhen angefressen worden? Die Masern können es nicht sein, die hatte ich im Kindesalter.‹

Ein Surren hier, ein brummen da. Wir laufen vorwärts, ohne uns ablenken zu lassen von den Biestern. Gemüse, Wurzeln, Knollen, Kräuter und eine Vielzahl an Obst werden von den ansässigen Marktfrauen verkauft. Verkäuferinnen schreien lauthals, um die Konkurrenz zu übertönen.

»Kommen Sie, besuchen Sie meinen Stand. Das günstigste Angebot gibt es bei mir allein. Die Mitstreiterinnen ziehen Sie über den Tisch«, schreit selbige Frau.

Eine andere Marktfrau brüllt: »Hier her, treten Sie heran, kaufen Sie hier beste Qualität.«

Ein älteres Frauchen, dürr, ein Kopftuch montiert. Ein bunter, bis zum Boden reichender Rock umhüllt die Greisin in dieser Halle. Doch wehe, wenn jene Person Ihr Mundwerk betätigt. Schrill, keifend übertönt sie alles bisher gehörte. Viele Leute bleiben bei ihr stehen und gucken sich die verschiedenen Sorten an Wurzelgemüse an. Beinahe denkt man, dass die alte Dame identisch ist, mit dem, was sie verkauft.

Ein Duft, ein Gemisch von dem Angebotenen sowie den Schweiß und die diversen Parfums und den Deos aller Besucher in dieser Hitze vermischt sich, sodass mir die Atmung schwerfällt. Ein Gedränge herrscht in der Halle von Einheimischen sowie von den Touristen. Geführte Gruppen schieben sich durch die Markthalle. Reiseleiter, die unter Zeitmangel den Urlaubsgästen noch mehr Sehenswürdigkeiten in Santiago vorführen müssen.

Die Ellenbogen der Passanten treffen hin wieder eine Rippe von mir. Eine korpulente Besucherin tritt mir auf den Zehen herum. Mir reicht es langsam. Das Getümmel, dies Geschiebe, wie ich so etwas liebe. Ich möchte eigentlich nur gerne sämtliches Obst, Gemüse und anderes genauer anschauen. Kostproben in mich hineinstopfen, genießen, kennenlernen, ausprobieren und vergnüglich essen. Herausfinden, wie all das Unbekannte schmeckt. Auf dieser Insel, die eine Vielzahl an Gemüse, Obst, der verschiedenartigsten Sorten vorrätig hat, von Arten und Gattungen, die uns völlig unbekannt sind. Von den Wurzeln und Blättern ganz zu schweigen. Davon besitze ich eh keine Kenntnis. Kochen ist der Beruf und Leidenschaft von meinem Gatten. Für jedes Zipperlein ist eine Heilpflanze gewachsen, wird uns beiden Gringos, begreiflich gemacht.

Unsere treue Begleitung, Juan Miguel, nimmt sich Zeit, verdeutlicht diese wie jene Knolle oder Wurzel. Erklärt uns, gegen welche Krankheit man dieses Kraut einsetzt.

»Es gibt Erbsen ›guandules‹, Kochbananen ›plátano‹, Yucca ›yuca‹. Avocados ›aguacate‹, Ananas ›piña‹, Mango ›mango‹, Papaya ›lechoza‹.

Papaya, die Gesundheitsfrucht aus den Tropen. Christoph Kolumbus betitelte die in Südamerika beheimatete Melonenart ›Frucht der Engel‹. Das Süßsaftige, orangefarbene bis kirschrote Fruchtfleisch, den kleinen schwarzen, pfeffrigen Kernen (Pfefferer-

20

satz). Esst eine Lechoza am Tag. Ebendieses Obst schmeckt nicht nur lecker, sondern erfrischt zugleich, ist kalorienarm und von enormem gesundheitlichem Wert! Ferner gedeihen auf der Insel: Orangen ›naranja‹, Limonen ›Limón‹, Maracuja ›chinola‹, Bananen ›guineo‹. Unter den Bananen wachsen verschiedene Sorten von roten bis zu Babybananen. ›cereza‹ Kirschen«, erklärt uns der Begleiter.

Ich sehe förmlich, wie die Ohren von meinem Partner sich trichterförmig öffnen. Kosten, naschen von Früchten, die Ähnlichkeiten eines Igels aufweisen.

»Vorsicht, die Kerne sind hochgiftig«, wird er gewarnt.

»Heilende Wirkungen wird der ›Guanábana‹, Stachelanemone nachgesagt. Der Medizinbaum wird fünf bis sechs Meter hoch. Die Frucht enthält Kalzium, Eisen, Vitamin A, Vitamin C, Vitamin B1, B2, Niacin, Phosphor, Magnesium, Proteine, reich an Fruchtzucker. Inzwischen international bekannt geworden, durch Fähigkeiten, dass die Frucht Krebszellen zerstören soll. Sich verlangsamend auf das Tumorwachstum auswirken soll. In der traditionellen Medizin im tropischen Regenwald bekannt, als Mittel bei Tumorerkrankungen, Bluthochdruck, Parasiten, Depressionen, Diabetes, zur Wundreinigung und gegen Leberstörungen.« Staunend hören wir zu.

»Cilantro, der lange Koriander, wird in der täglichen dominikanischen Küche angewendet, versucht es einmal, damit zu kochen«, lacht er. Der Koriander strömt einen Duft aus. Die Gluthitze verstärkt ebendieses Cilantro-Aroma. Mein Mann, ehemals Küchenchef, hört sehr interessiert zu. Vieles was wir probieren dürfen, kennen wir gar nicht. Noch nie gesehen oder davon gehört. Piña, die Ananas aus den Tropen schmecken um einiges süßer, als damals in der Schweiz. Liefert dem Körper viele gesunde Mineralien, Spurenelemente, Calcium, Kalium, Magnesium, Mangan, Phosphor, Eisen, natürliches Jod, Zink. Unser Organismus benötigt all diese Stoffe«, erfahren wir. Marmeladen, Torten, Kuchen, Säfte, Tee, Eintöpfe, Eingelegtes, herstellen kann man allerlei.

»Moringa«, erzählt er weiter, »die Früchte sind bohnenähnlich, in der Regel gekocht als Gemüse. Den Blättern wird ein hoher Gehalt an Proteinen, Vitaminen und Mineralstoffen zugesprochen. Zu Pulver zerriebene Samen reinigen stark verschmutztes Trinkwasser. Das Pulver bindet im Wasser enthaltene Schwebstoffe, Bakterien und sinkt mit ihnen zu Boden – zurück bleibt klares, trinkbares Wasser.«

Unglaublich diese Insel. Soviel zu bieten und zu finden in der Natur. Beide sind wir sehr beeindruckt vom Markt, dem Obst, Gemüse und den Kräutern. Nur zu gerne möchten wir mehr in Erfahrung bringen. Spannend ist es allemal.

Entstünde dabei nicht dauernd diese Stoßerei, das Geschubse, jenes Gedränge. Kann, was mich anbelangt, kaum in Ruhe mich an einem Stand aufhalten. Mein Mann hingegen hat damit überhaupt keine Probleme.

Dieser Menschenauflauf bringt mein Blut in Wallung. Nirgends lässt man mich nur das Geringste genauer anschauen.

Warum ist meine Statur kein Stück größer gewachsen? Eine Zweimeter–Frau? Ein Traum bei diesem Rundgang, die Masse zu überblicken, eine Statur zu besitzen, die alle überragt. Somit hätte auch ich den Überblick. Mit einer Gesamtgröße von 167 Zentimetern ist es sehr gut möglich, übersehen zu werden. ›Bald werde ich vom Volk niedergetrampelt. Flach gewalzt, auf dem Boden liegend‹, stelle ich mir vor. ›Jedermann benutzt meine Wenigkeit als Fußabtreter? So etwas lasse ich nicht zu.‹ Jetzt reicht es mir.

Gelangweilt, frustriert vom Volk, muss ich nun etwas unternehmen, damit die Stimmung in Schwung kommt, damit man mich endlich wahrnimmt?

Demzufolge beginne ich, zu singen: »La cucaracha, la cucaracha, trallala.« Was so viel heißt wie: die Kakerlake, die Kakerlake, trallala.

Aus unterschiedlichen Richtungen ertönt ein: »Wo? Wo? Wo?«, in diversen Sprachen.

Was für ein Spaß. Unzählige der weiblichen, europäischen Besucherinnen, beginnen hysterisch einen Regentanz aufzuführen. Kreischend von einem Bein auf das andere hüpfend. Gestikulierend. Wild mit ihren Händen in der Gegend herumfuchtelnd. Um sich schlagend und auf die eigenen Arme klatschend, schauen sie um sich, wo jene Ekeltiere herumkrabbeln. In zehenfreien Sandalen oder ihren Flip-Flops im Morast der Gemüseabfälle können sich die Ladys glücklich schätzen, dass sie nicht im Sumpf des Bodens stecken bleiben. Oder gar hinstürzen und sich alle Knochen brechen.

›Schwupps‹, urplötzlich sind wir allein unter Dominikanern.

Nur die äußert taffen, hartgesotten Damen stehen uns bei. Es werde Luft. Mein Mann guckt mich mit einem Blick an, der alles sagt. Bahnen sich da Gewitterwolken auf seiner Stirn an?

Nein, mein Lebensgefährte meint: »Jetzt hast du aber einen an der Latte.«

Die Marktfrauen allesamt sind nicht sonderlich beglückt über das Gekrächze meinerseits.

Ruiniere ich ihnen ihr Tagesgeschäft? Habe ihnen wohl den Tag vermiest?

Ein Gerede und Getratsche geht los. Keifend rennen eine Anzahl der Marktfrauen in meine Richtung. Böse Blicke, die sich messerstichartig in meinen Rücken bohren. Es ist mir bewusst, welches Temperament in den Frauen steckt. Zum Vorschein kommt eine Wut - wehe demjenigen, der ihnen in die Finger gerät. Müssen wir flüchten oder dürfen wir noch Kleinigkeiten einkaufen? Ausreißen ist wohl die bessere Lösung, denn Kraut und Rüben, fliegt mir um die Ohren, Schimpfworte, die ich zum Glück nicht alle verstehe.

Juan Miguel schiebt uns behutsam, doch mit einer starken Tendenz Richtung »Ausgang«.

»Unter keinen Umständen darf es Tote geben«, schreit er. Damit meint er zweifellos nur eine, Ellen.

So, nun ab zum Voodoo Geschäft.

»Dort im besagten Laden hältst du deine Stimme.«

»Du schweigst. Du mit deiner vorlauten Schnauze«, warnen mich nun mein Gatte und Juan Miguel gleichzeitig ...

Voodoo – Geschäft (Zauber der Karibik)

Wir gehen zu Fuß in der glühend heißen Sonne. Der Asphalt brennt durch die Schuhsohlen. Unsere Füße schmerzen von der ungewohnten Anstrengung.

Doch bereits jetzt ist klar, dass sich diese Mühe lohnt.

»Es ist nicht mehr weit«, tröstet uns unser Begleiter.

Er meint es vermutlich nur gut mit uns und sieht uns die drohende Erschöpfung an. Mir kommt es vor, als seien wir bereits Stunden auf diesem steinigen Weg, der sich Straße nennt, unterwegs.

Aus verschiedenen Geschäften kann man befremdliche Gerüche wahrnehmen. Es stinkt, wenn ich ehrlich bin, nach getrocknetem, uralten Fisch.

Mein Mann ist sofort im Bilde, um was es sich dabei handelt und klärt meine Wenigkeit auf: »Bacalao, in Salz eingelegter Fisch. Warte nur, bis wir dem Fischmarkt einen Besuch abstatten«, lacht er mir zu.

Mir ist bewusst, dass ich um jene Besichtigung absolut nicht herumkommen werde. Ausreden duldet mein Schatz nicht. Begleitet er mich auch in diverse Schuhgeschäfte, ohne zu murren oder die Geduld zu verlieren. So bin ich es ihm schuldig, dass ich einmal seinem Willen folge.

»Sag, mein Schatz, was denkst du, treffen wir bald beim Voodoo-Geschäft ein?«

Er zuckt nur die Achseln.

Nach weiteren zehn Minuten unter der glühend heißen Sonne wandernd, erreichen wir eine Gasse. Unser Begleiter bleibt stehen.

»Wenn wir diesen engen Durchgang wählen, sind wir viel schneller am Ziel.«

Eine Gasse?

Es ist ein sehr schmaler, enger, holpriger Pfad, links und rechts eingepfercht zwischen Holz-Bretter-verschlägen. Inmitten dieser ärmlichen Holzhütten und vereinzelten Häusern aus Stein.

›Platzangst darf man hier nicht an den Tag legen‹, geht es mir durch den Kopf. Hier sollen wir uns gemeinsam hindurchquetschen? Sehe die Szene vor meinem geistigen Auge, wir würden wie Schafe durch einen Pferch getrieben werden, um uns danach einzeln scheren zu lassen.

Nebeneinander hergehen ist unmöglich. Jeder von uns kann die beidseitigen Hütten berühren ohne große Anstrengung.

Der Bodenbelag wurde wohl immer wieder mit verschieden großen Steinen aufgeschüttet, welches ein normales zügiges Gehen unmöglich erscheinen lässt. Wir schauen uns kurz an. Was sollen wir tun?

Noch weitere kostbare Zeit an der prallen Sonne verlieren? Diesen beengenden Pfad wählen?

Ich leide unter Platzangst, versuche diese jedoch zu verdrängen. Hauptsache, wir erreichen endlich unser Ziel.

Wir entscheiden uns für diese ›Abkürzung‹, dass ich auch umgehend bereue.

Unser Begleiter geht flotten Schrittes voran. Umfallen kann man hier wenigstens nicht, so eng ist der Weg. Ich stolpere mehr oder weniger über die Steine, stütze mich an den Hauswänden ab. Denn streckt man die Arme seitlich aus, füllt man die ganze Breite des Weges aus. Ich muss nur aufpassen, dass ich mir keinen Holzspieß einhandle an diesen morschen Brettern der Häuser. Im Gänsemarsch geht es weiter.

»Wie reagieren wir eigentlich, wenn uns jemand entgegenkommt? Vorbei an uns kommt hier keiner«, frage ich meinen Mann.

Er lacht schallend und meint: »Da kommt keiner, wenn derjenige sieht, wie wir am Kämpfen sind, ergreift er eher die Flucht.«

Drückend heiß und stickig ist es hier zwischen den Häusern. Man könnte die Luft mit einem Messer durchtrennen. Kein einziger Luftzug sei uns gegönnt. Was dazu führt, dass wir nur noch mehr schwitzen, stolpern und leise fluchen, dass wir uns für die ›Abkürzung‹ entschieden haben.

Mein Mann, der von der Statur her der Größte ist mit seinen 1,85 Metern, sieht über unsere Köpfe hinweg das Ende der Gasse.

»Schatz, wir haben es gleich geschafft. Ich sehe ein Licht aus dem Dunkeln, einen Markt-Platz«, versucht er mich aufzumuntern.

Erstaunt, was vor uns liegt, treten wir auf einen kreisrunden Platz. Ein leichter Wind weht durch unsere Haare. Rote Erde, die man hier auf der ganzen Insel antrifft, bedeckt den Boden. Ab und zu, wenn der Wind etwas stärker bläst, schweben rote Staubwolken durch die heißen Luftmassen. Roter Staub haftet an unseren verschwitzten Körpern und verleiht uns eine unnatürliche Farbe. Die Sonnenbrille schützt die Augen nicht nur vor der Sonne, sondern verhindert auch, dass sich Staubkörner in die Augen verirren.

Am Rand des Marktplatzes sehen wir verschiedene ›Colmados‹. Bunt bemalte Holzbuden, aufgemalte Bierreklame von ›Presidente‹, je nach dem was man im ›Colmado‹ erhält. Kleine landestypische Bars. Lebensmittelstände, in denen man Reis, Mehl, rote Bohnen und vieles mehr einkaufen kann, was man für den täglichen Bedarf benötigt. In Jute- oder Stoffsäcken lagern die Lebensmittel offen in den ›Colmados‹. Vereinzelt verirrt sich ein Huhn in ein Geschäft und nascht vom Reis oder Mais. Keinen stört das.

Katzenbabys spielen mitten im ›Colmado‹. Draußen sitzen vereinzelt Männer an kleinen Tischen und gehen ihrer Lieblingsbeschäftigung nach. Domino spielen und Bier oder Rum trinken.

Direkt neben dem ›Colmado‹ ist ein Holzstand, bunt beschriftet mit ›Carneria‹. Die ›Carneria‹ ist ein einfacher Stand mit einer Holztheke. Schweine, ganze oder nur deren Köpfe hängen für jeden Kunden sichtbar an einem Hacken. Fliegen schwirren umher und landen auf dem Fleisch. ›Das ist nichts für uns Europäer‹, denke ich mir. Doch die Leute hier, wenn sie sich Fleisch leisten können, dann kaufen sie es wohl bei diesem Metzger.

Sechs verschiedene Geschäfte säumen den Marktplatz. Dann endlich sehen wir auch den Laden, den wir aufsuchen möchten.

Gemeinsam stehen wir drei vor einem winzigen Shop. Eigentlich ist es eher eine Bude.

»Das Ziel ist erreicht«, meint unser Führer; kann es sich jedoch nicht verkneifen, mich noch einmal mit einem Blick, der alles aussagt, anzuschauen.

Eine Gardine dient als Tür, die vom Windzug leicht bewegt wird. Etwas zittrig schiebe ich diesen Vorhang zur Seite. Irgendwie beschleicht mich ein komisches Gefühl im Magen. Es ist mir bewusst, dass ein ›Zauber‹ hier, ebenso wie in Haiti angewendet wird. Einer, über den mystische und unglaubliche

Geschichten seit ewigen Zeiten verbreitet werden. Man muss mitnichten daran glauben, doch es mutet uns zwei Europäern doch sehr unheimlich an.

›Sollen wir eintreten oder schnellstens den Rückwärtsgang einschalten?‹, schießt es mir durch den Kopf.

Wir schauen uns um, dann entschließen wir uns gemeinsam, mutig einen kurzen Blick hineinzuwerfen. Schließlich können wir jederzeit wieder gehen oder flüchten. Es kann uns niemand zwingen in diesem Laden zu bleiben oder gar festhalten.

Eine füllige Dame in einem Kleid mit farbenprächtigem Blumenmuster erscheint. Rüschen zieren die Puffärmel. Ein Turbanähnliches Etwas sitzt auf ihrem Kopf, aus buntem Tuch kunstvoll gewickelt. Ein solches Bild sah ich schon einmal, nur wo? In einem Film, Buch, in einem Hotel?

Einmal in den Bann gezogen von jener phänomenalen Erscheinung, bleibe ich wie angewurzelt stehen. Komme mir vor, als würde ich sogleich zu einer Salzsäule erstarren. Aus einem Hinterzimmer hören wir leise Stimmen. Gemurmelt. Geheime Zaubersprüche?

Die füllige Frau mustert uns von oben bis unten. Es kommt mir so vor, als versuche sie, unseren Marktwert abschätzen. Registriert, dass wir leichte Zweifel haben.

Gringos, das bedeutet Geld. Pesos, die die besagte Voodoo-Zauberin dringend benötigt. Weißhäutige, Touristen, sie wittert ihr großes Geschäft. Sogleich beginnt sie mit ihren Erklärungen, aus was sie alles einen Trunk, ein Kraut oder eine Tinktur mixen wird. Immerfort inspiziert die Dame unser Verhalten. Es stellt sich bei keinem ein Wohlgefühl ein. Gespannt, verspannt, verschüchtert, mitten im Raum stehe ich in dem düsteren Laden und blicke mich dabei um. Über ihr hängen an einer Kordel Hahnenfüße, Knochen, Wurzeln und vieles mehr. Kuriositäten, unheimlich anmutend. Ein Schauder läuft mir über den Rücken und ich frage mich, ob dieser Zauber, diese Magie, mich jemals wieder loslassen wird ...

›Sollen wir flüchten aus diesem Raum, solange es noch geht?‹, schießt es mir erneut bei der Betrachtung all jener Dinge durch den Kopf.

Die Neugierde hat gesiegt, wir bleiben. Sofort beginnt sie zu erklären, was Voodoo bedeutet.

»Für spezielle Fälle gibt es Puppen. Nadeln benutzt man, die man je nachdem, was man bewirken möchte, entweder ins Herz oder in andere Regionen des Körpers stößt. Währenddessen denke man intensiv an die Person, die es treffen soll. Den Schmerz der Stiche nimmt jener Mensch dann sofort wahr.«

Die Beschreibung, Handhabung, liefert sie gratis beim Kauf einer solchen Puppe mit.

Man kann, wen man möchte, der Voodoo-Dame, Kleidungsstücke eines unliebsamen Zeitgenossen, dem man Leid zufügen will, geben. Sie kümmert sich im Hinterzimmer um den Rest. Geheimnisvoll flüstert sie, diese Geheimnisse verrate sie uns nicht.

Sie möchte über uns, dem Paar mehr herausfinden. »Würdet ihr es zulassen, einen Treue-Test durchzuführen?«

Wollen wir das? Ernsthaft? Mein Partner und ich schauen uns an.

Spontan, so wie ich nun eben bin, entscheide ich einfach für uns beide. Keinen Ton bringe ich dabei zustande. Schweige, die Lippen zusammengepresst, nicke ich. Dabei bin ich mir aber nicht ganz sicher, ob diese Entscheidung aus mir selbst kommt oder meine Gedanken beeinflusst werden.

Mein Mann stupst mich in die Rippen. Aufwachen! Mich langsam aus der Starre lösend, nehme ich meine Umgebung wieder wahr. Gespürt habe ich zu jener Zeit durchaus nichts.

War ich hypnotisiert durch die Blicke der Magierin? Bin ich nun in ihren Fängen? Bin ich nun den Mächten der Meisterin ausgeliefert? Die Voodoo-Zauberin bringt zwei Kerzen.

Die Zeremonie beginnt.

Wir zwei, das Paar müssen einander an die Hände fassen, jeder mit der linken Hand. Die Magierin zündet die Wachskerzen an.

»Jetzt obliegt es Ihnen zu beobachten, wie die Lichter herunter brennen. Die müssen komplett pfeilgerade bleiben, biegt sich die Kerze Ihres Partners von der Ihren weg, ist er untreu«.

Die Zeit vergeht wie in Zeitlupe. Gebannt schauen wir beide auf die langsam und bedächtig abbrennenden Kerzenlichter. Nach doch etwas Bangem ausharren, sehen wir das Ergebnis. Unsere Candelas, die zum Glück, ohne sich zu verbiegen, hinunter brennen, lösen die Spannung in uns. Lang und breit klärt die Frau im bunten Rock uns auf.

»Ein selten glückliches Paar ihr zwei, das bestimmt euer Leben lang anhält«.

Die Vorführung geht voran.

»Im Fall, dass er absolut nicht treu ist«, erklärt sie in spanischer Sprache, die mit kreolischem Dialekt gemischt ist. Dann legt sie einen künstlichen Penis und einen kleinen Holz-Sarg auf den Tresen. Sie setzt an, um es zu erklären, doch da unterbreche ich ihren Wortschwall bereits. Ich frage die Zauberin, ob Sie die französische Sprache spreche. Gekränkt, fast böse, antwortet sie: »Ich stamme aus Haiti, wir verfügen über viel mehr Intelligenz, als die Landesleute hier.«

Hoppla, da bin ich ihr wohl auf den Schlips getreten. Nun wechselt sie in eine Sprache, ein Mix aus Französisch und Spanisch.

Die Dame zeigt uns, was passiert, wenn mein Partner sich als ›untreu‹ erweisen würde.

»Man nimmt den Plastik-Penis, bettet diesen in jene kleine Holz-Kiste, sucht auf einem abgelegenen Feld den geeigneten Ort und gräbt ein tiefes Loch, in das die gefüllte Schatulle hineingelegt wird. Dazu wiederholt man einen Spruch, immer und immer wieder, zündet das Ganze an, wartet etwas und bedeckt es mit Erde. Ihr Mann wird nie im Leben mehr eine andere Frau beglücken können.« Sie lacht hämisch, kichert.

»Keinerlei Kinder wird er mehr zeugen können. Der Manneskraft beraubt sein. Unfähig seinen Mann zu stehen.«

Mir wird urplötzlich trotz der Hitze kalt. Gänsehaut. Ein eiskalter Schauer läuft mir den Rücken hinunter.

Sie spricht weiter, aber ich kann sie nicht mehr verstehen. Sie murmelt, brummelt, redet vor sich hin. Es muss sich um einen Zauberspruch handeln. Sie, die Magierin, rückt kunstvoll ihre Kopfbedeckung zurecht. Wild gestikulierend, mit ihren fülligen Armen ausdrucksvoll herum wedelnd. Ruckartige Kopfbewegungen bewirken, dass zuvor genannter Turban sich selbstständig macht.

Makaber klingt das für uns, doch es wird hier tatsächlich praktiziert. Unzählige Kuriositäten möchte die Voodoo-Hexe uns darbieten. Unter allen Umständen. Liebend gern an uns testen, so scheint es mir.

Mir wird langsam übel und flau im Magen. Die erwähnten Düfte von den verschiedenen Räucherstäbchen, Kräutern, Ölen und Hühnerfüßen verteilen sich im Zimmer.

Eine stinkige, stickige Atemluft steht im Raum, die sich mühelos mit einem Messer zerteilen lässt. Ich schaue mich weiter um, mir wird immer unwohler. Die Hitze, die Gerüche, die Enge und mein leerer Magen …

Luft schnappen ist angesagt, ansonsten kippe ich auf den Ladentisch direkt in all diese Utensilien.

›Ich muss ganz ruhig durchatmen‹, erinnere ich mich. Umgehend setze ich die Atemübungen in die Tat um. Denn ich möchte wirklich nicht dort auf dieser Theke landen?

Sie zeigt uns, was es sonst noch alles an Sonderheiten gibt. Für Zelebrationen vor der Hochzeit, bei der Geburt des ersten Kindes, beim Kennenlernen.

Bei Hausbesuchen, die man bei ihr buchen kann, ›testet‹ die Zauber-Dame die Wohngegend, die Hütte, die Sprösslinge und das gesamte Umfeld aus.

Rituale, eine Art der Teufelsaustreibungen, finden an geheimen Orten statt. Deren Bekanntgabe des Schauplatzes erst kurz zuvor den Vertrauten und Anhängern stattfindet. Die Meisterin lädt uns ein, dabei zu sein. Zu sehen und gar mitzumachen.

Was antworte ich ihr? Erfinde kurz entschlossen eine Notlüge.

»Wir verweilen nur ferienhalber auf der Insel. Die Zeit wird uns zu knapp, so gern wir Ihre Einladung annehmen würden.«

Nicht nur ich habe genug gesehen und gehört. Zu gerne möchten wir die gastliche Bude der Zauberin den Rücken kehren. Sie lässt das jedoch nicht zu - mit eindrucksvollen Worten.

»Nicht im Entferntesten verlassen Sie meinen Laden, bevor Sie ein paar Kleinigkeiten kaufen. Ich opferte Ihnen viel Zeit, die Kerzen sind sicherlich nicht gratis. Begleichen Sie die Rechnung, ansonsten wird die Polizei rasch vor Ort sein.«

Wir gehorchen artig und berappen ein Vermögen. Endlich können wir uns dem Staub machen.

Trotz der noch immer währenden Hitze und der Erschöpfung laufen wir sehr rasch zurück zum Auto.

Ich möchte so schnell wie möglich nach Hause. Weg von diesem Ort.

An den Kauf der Orchideen denkt keiner mehr.

In jener Nacht finden wir beide keine Ruhe, um einzuschlafen. Wirkt da etwa ein Zauber? Erschienen ist niemand. Doch ein ungutes Gefühl hält uns beide fest im Griff. Unruhig und zitterig husche ich unter die Dusche. Hoffe, erneut die Magie so herunterwaschen zu können. Ab damit in die Kanalisation. Doch so ganz gelingen will das nicht.

Eine Reise, die es in sich hat. Lehrreich, atemberaubend, gruselig, fulminant, Furcht einflößend. Doch ich bereue keine Minute. Es hat mir trotz der Ängste doch viel Verständnis für die Menschen auf dieser Insel gebracht. Während vieler Nächten die Magierin mich in den Träumen verfolgt und manchmal erscheint sie mir auch heute noch. Mahnend, nicht an der Zauberkraft des Voodoos zu zweifeln.

Wir möchten allein an den Strand

Das Wetter zeigt sich von der besten Seite, die Agenda weist beim heutigen Datum auf ›keinen Eintrag‹ hin. Endlich, gemeinsam frei. Zeit füreinander. Weilen wir nicht auf dieser Insel, um das Leben zu genießen?

In all den Jahren, die wir auf dem Eiland wohnen, kann ich die Tage am Strand an einer Hand abzählen. Jederzeit kommt etwas dazwischen. Wie es derzeit in diesem Land ist. Ein Rohrbruch? Das Dach rinnt? Besucher erscheinen aus dem Nichts? Es regnet? Einer der Vierbeiner ist verletzt? Stromausfall? Das Auto streikt oder wir schuften in Haus und Garten. Doch heute geht es endlich an den Strand. Nur wir zwei. Allein schon die Vorstellung lässt mein Herz Luftsprünge machen.

Die Zweisamkeit genießen, die schäumenden Wellen beobachten. Mit meinem Schatz im warmen Sand Hand in Hand spazieren gehen. Wunderschön male ich mir das aus.

Die große Tasche wird gepackt. Strandtücher, Mückenspray, Sonnenmilch, Kamera und gute Laune füllt die Badetasche sofort. Fehlt nicht noch irgendetwas? Ach ja, das Mobiltelefon einstecken.

Badehosen? Nein, die ziehen wir schon jetzt an, die trocknen sehr schnell unter der heißen Sonne und an der Luft am Badestrand. Alle Fenster schließen, die alte Decke über unser Bett, wir kennen doch unsere Vierbeiner. Ventilatoren auf Stufe zwei stellen, damit die Luft etwas verteilt wird im Raum. Das Klimagerät kühlt auf 26 Grad hinunter, nicht dass die Hunde schwitzen müssen. Der Fernseher für die Vierbeiner wird eingeschaltet.

Nun kann es losgehen. Meine bessere Hälfte startet den Pick-up, ich öffne das Schiebetor, damit er bequem hinausfahren kann. Wir beide sitzen glücklich im Wagen, die Fahrt geht endlich los. Kaum auf der Hauptstraße angelangt, summt es in der Hosentasche von meinem Schatz. In keinster Weise, was Sie jetzt denken, tz. Das Handy vibriert. Nein! Ein Notfall? Abheben? Ignorieren?

Mein Mann entscheidet sich für Annehmen.

»Hallo, ja?«

»Nein, zurzeit unterwegs an den Strand von Cabarete.« Was oder wer ist das jetzt wieder?

»Schatz, lange können wir die Zweisamkeit am Strand nicht ausnutzen. ›Knofi‹ kommt dazu, er weiß nicht, was er mit sich anfangen soll, so allein lebend. Und am Strand laufen und liegen so hübsche ›Mädchen‹ herum, da gibt es für ihn einiges zu gucken.«

Super, meine Freude hält sich in Grenzen. Wer ›Knofi‹ kennt, begreift auch weshalb. Wie oft er sich im Monat duscht, bleibt sein Geheimnis. Warum er die Unterhose nur zu Weihnachten wechselt, sondern diese nur umdreht? Innenseite nach außen, eine Woche später, zurück drehen. Warum er immerfort Knoblauch essen muss? Egal, soll er schauen und sabbern.

Eine Stunde eher treffen wir am Strand ein. Die Zeit ohne ›Knofi‹ nutzen wir beide aus. Wir suchen uns einen geeigneten Platz, nicht zu nah bei den Touristen, aber nur wenige Schritte vom Meer entfernt. Die eine, unsere Stunde kosten wir voll und ganz aus. Gegenseitig die Sonnenmilch auf den Körper des Partners verteilen und einmassieren. Danach die schäumenden Wellen beobachten und das Salz in der Luft auf der Haut fühlen.

Wir hören und sehen ihn noch nicht, doch sein Knoblauchgeruch eilt ihm voraus. ›Knofi‹ ist da.

Am Strand

Die kostbare Zweisamkeit, die wir heute ausleben möchten, ist viel zu kurz. In dem Augenblick, als wir einen bequemen Platz im warmen Sand fanden, erscheint ›Knofi‹.

Aus ist es mit unserer Flirterei, jenes einander anstrahlen, trotz den Jahrzehnten die wir bereits zusammenleben. Getränke besorgt mein Partner, damit unsere Stimmung in Schwung und das Blut in Wallung gerät.

›Knofi‹ mischt sich unmissverständlich ein. Nein, nicht aufdringlich, eher lästig. Das unvergessliche, für ihn wohl maskuline ›Parfum‹, vermischt sich in der schwülen Hitze. Schweißgeruch mit einer gewaltigen Alkoholfahne, die ihn umhüllt, vertreibt dieser Geruch nicht nur die Mücken. ›Knofi‹ fängt an und wie er immer beginnt. Er guckt zuerst nur mit den Augen, doch dann, was ist das? Jetzt legt er los, beginnt zu sabbern. An seinen fleischigen, vollen wulstigen Lippen hängen links wie rechts Schleimfäden. Wenn unsere Hunde einen Knochen erhalten, sieht es ähnlich aus. Dann sabbern auch sie.

Nun erhebt sich der ›Koloss von Rhodos‹ mit dem Spitznamen ›Knofi‹.

»Was stellt er denn jetzt schon wieder an?«, schaut mich mein Mann fragend an.

Erst sitzt er noch bei uns im Sand, dann hebt er die eine Hand, winkt bald jeder knackig jungen Dominikanerin zu.

›Knofi‹ ist über sechzig Jahre jung, muss man wissen, etwas unförmig mangels Bewegung. Bekleidet ist ›Knofi‹ in der einzigen antiken, leicht abgewetzten, viel zu knappen Badehose. Sicherlich, in den 80er Jahren hatte ›Knofi‹ noch reichlich Platz in der damals noch roten Hose. Doch jetzt? Vorsicht, nicht dass sich da Stellen öffnen, von denen man (Frau) lieber nichts sehen möchte.

Bis der Knoblauch ausdünstende Fleischberg in seinen Heiland- Sandalen steht, dauert es. Langsam erhebt er sich, wackelt mit schleppenden Schritten durch den Sand in Richtung eines jungen Mädchens. Vor einer knapp zwanzig-jährigen Schönheit bleibt er abrupt im Sand stecken. Gewollt oder gekonnt? Ein nicht endenwollendes Gespräch folgt, wir staunen darüber.

Wie stellt er das nur an? Diese Ausdünstungen, die Figur, das Alter, das muss doch auf solch ein Mädchen abstoßend wirken.

Wir schauen in Ruhe zu und sind perplex. ›Knofi‹ kommt, holt die gammelige Tasche und verabschiedet sich rasch.

»Schleppt er jetzt diese Venus wirklich ab? Tatsächlich, die beiden verschwinden. Ein Traumpaar ist es in der Tat aber nicht«, lacht mein Gatte.

»Was berappt der Gute, dass die Grazie mit ihm geht?«

»Hauptsache, wir sind nun endlich allein«, antworte ich.

Jetzt können auch wir den Strandgang genießen. Auf den freien Liegestühlen, die wir sofort in den Besitz nehmen, richten wir uns bequem ein, als der erste Strandverkäufer bereits antrabt.

»Heute alles billig«, zeigt er uns eine Vielzahl an gefälschten Uhren.

»No, gracias.« Er versucht es noch ein zweites Mal. »No, gracias.«

Ah, endlich hat er verstanden. Wir legen uns wieder hin, versuchen zu entspannen und es funktioniert.

Zwischendurch beobachten wir die badenden Kinder, die jauchzend im seichten Wasser ihre ersten Schwimmversuche unternehmen. Die weinen, wenn eine große Welle ihnen den Sand unter den Füßen wegspült. Mütter, die sofort zur Stelle eilen, Tränen trocknen und aufmunternd auf die Kinder einreden. Surfer, die immer wieder von ihren Brettern gerissen werden, in den Wogen des Meeres untertauchen.

Am strahlend blauen Himmel tummeln sich die bunten Segel der Kitesurfer. Der Wind frischt auf, Surfbretter bewegen sich rasant über das schäumende Meer. Welche Kraft die Männer und Frauen benötigen, um diese Dinger festzuhalten. Wir staunen immer wieder.

Dominikanische Frauen nähern sich den Touristen. Die einen tragen riesige Körbe, beladen mit Früchten und verkaufen diese für wenig Pesos.

Andere Dominikanerinnen zeigen ihre abgenutzten Fotoalben. Auf der Suche nach Urlaubern, um ihre Kunst deren Haare zu Hunderten von kleinen, dünnen, Zöpfchen zu flechten, anzubieten.

Was wohlverstanden erstens eine Kunstfertigkeit ist und zweitens unendlich viel Zeit und Geduld kostet. Es wird beobachtet, wie man statuenmäßig auf einem Hocker sitzt, und muss sich die Belehrungen anderer mit anhören. Zudem nisten sich während der Ferienzeit am Strand, im Sand und an der Sonne, Sandflöhe und anderes Ungeziefer ein.

Unter der Dusche versuchen sie, die Haare zu waschen. Es ist unmöglich, das Shampoo wieder aus den Zöpfchen zu bekommen. Schlafen? Geht nicht. Viel Spaß all denen, die dann wieder in der Heimat ihre Haare beim Friseur lassen müssen.

Langsam versinkt die orangefarbene Kugel am Horizont im Meer. Der Kellner bringt uns einen coolen Drink, ich lege meinen Kopf auf die Schulter von meinem Mann und träume.

Dieser einmalige Sonnenuntergang in der Karibik.

»Warum nur sitzen wir nicht öfters hier? Die Ausrede von ›keine Zeit‹ lasse ich nicht mehr zu. Die 24 Stunden an einem Tag ... eine, nur eine davon stehlen wir in Zukunft für uns. Setzen uns genau hier hin«, bitte ich meinen Mann. Mal gucken, wie lange wir das genauso durchhalten.

La Casa del Kilometro 5
(Saga, Legende)

Esther, unsere ›Perle‹, Angestellte und zugleich Freundin, weiß, dass ich mich für die unmöglichsten Geschichten, Sagen und Mythen interessiere. So erzählt sie mir eines Morgens bei einer Tasse Kaffee eine Geschichte.

»Vor Jahrzehnten, es muss ungefähr achtzig Jahre zurückliegen, wohnte ein Mann an der Straße zwischen den Städten Santiago de los Caballeros und La Vega. Dort bei Kilometer fünf steht das verfluchte Geisterhaus direkt an der Fernstraße. Jener Mann«, so verrät mir Esther mit leiser Stimme, »verkaufte seine Seele an den Teufel, stell dir das vor Ellen.«

»Jetzt, auch heute noch, so sagt man, wohnt der Teufel selbst im Haus. Es geistert jede Nacht. Der damalige Präsident der Dominikanischen Republik hatte dazumal das Betreten des Hauses strengstens verboten. Erst Jahrzehnte später wurde das Verbot, das Gebäude zu betreten, aufgehoben. Punkt Mitternacht beginnt der unheimliche Spuk und endet erst bei Sonnenaufgang. Man hört jede Nacht Kinderstimmen. Schreiende weinende Kinder. Keiner wagte sich jemals in das Gemäuer. Man berichtete über das Haus die ungewöhnlichsten Geschichten.

Journalisten hörten davon und reisten zu dem Haus Nummer 5. Experten und Geisterjäger aus den unterschiedlichsten Ländern folgten Jahre später.

Untersuchten, jenes vom Satan heimgesuchte Bauwerk. Keinerlei Aufzeichnungen waren möglich, weder Fotos noch Filme die eine Erklärung oder Auflösung des Geheimnisses ergaben. Fotoapparate funktionierten plötzlich nicht mehr. Kein bisschen wurde gefunden, niemand konnte zur Lösung beitragen. Der Dämon wird bestimmt dahinter stecken«, endet Esther flüsternd.

Sie blickt sich dauernd um und ich spüre, dass sie Angst verspürt, auch wenn sie nur mir davon erzählt. Mir läuft ein kalter Schauer den Rücken hinunter. Ich trinke eine zweite Tasse Kaffee, doch auch die hilft nicht, dieses beklemmende Gefühl loszuwerden.

In meinem Kopf arbeitet es, während ich am Tisch sitze. Spannend ist die Geschichte allemal. Ich glaube weder an Satan noch an Dämonen. Doch jetzt beginne ich, selbst zu zweifeln. Die Voodoo Zauberin geistert wieder im Gedächtnis herum.

Die mystischen Worte machen mir Angst, zugleich wecken diese Worte aber auch Neugierde in mir. Die Story beginnt, mich mehr und mehr zu interessieren. Ich muss mich einfach etwas näher damit befassen. Esther hingegen rät mir dringend ab.

»Lass es, Ellen, es tut nicht gut. Du wirst dem Teufel begegnen, der kann dich zu sich rufen, lass es. «

Trotzdem fahre ich ins ›Bario‹, das Armenviertel, frage mich durch. Ich besuche die älteren Generationen. Griffbereit habe ich immer meinen Notizblock sowie einen Kugelschreiber. Stets bereit, alles zu notieren, was mir von den Ärmsten der Armen erzählt wird.

Jeder, den ich auf das Haus Nummer 5 anspreche, reagiert komisch und ängstlich.

Viele weichen mir aus mit den Worten: »Vergiss die Geschichte ganz rasch. Der Teufel wird sich deine Seele holen und dir aus dem Leib reißen«.

Andere schlagen sich die Hände vor den Kopf und raten mir: »Lass die Finger davon. Jenes Haus Nummer 5 ist verhext.«

Weitere Personen berichten: »Es wohnen Geister in den Mauern«.

Vereinzelt versucht man mich mir den Worten: »Vergiss die Vergangenheit«, von der Reise ins Ungewisse abzuraten.

Unzählige Personen befrage ich. Einzig Señor Diego erklärt sich bereit, mir das Haus Nummer 5, aus der Ferne zu zeigen. Wir verabreden uns für die kommende Woche. Die Zeit vergeht langsam, in der meine Recherchen nicht das gewünschte Ergebnis ergeben.

Der Tag rückt näher. Ein Anruf vom Pförtner, Señor Digeo wartet bereits an der Schranke auf mich.

Auf der Fahrt zu Kilometer 5 teilt er mir mit, wie ich mich zu verhalten hätte: »Du steigst nicht aus dem Wagen. Du knipst keine Fotos. Wagst bitte nur einen kurzen Blick, danach wendest du deine Augen sofort wieder ab. Hältst du dich nicht an meine Regeln, verlässt du unweigerlich mein Fahrzeug. Ich fahre dann ohne dich zurück. Wir befinden uns in größter Gefahr. Ich habe Angst um dich Ellen, dass der Teufel dich sieht, manipuliert und von dir Besitz ergreift. Du ihm deine Seele verkaufst. Ich bin doch für dich verantwortlich.«

Ein beklemmendes, ängstliches Gefühl durchströmt mich. Plötzlich bin ich mir nicht mehr sicher, ob ich dieses ›Geisterhaus‹ wirklich anschauen möchte. Mein Mut verlässt mich. Im Moment fühle ich mich so, als säße links ein Teufelchen, und rechts ein Engelchen auf meinen Schultern.

Das Teufelchen sagt: ›Mach schon, geh und schau dir das an.‹

Das Engelchen sagt: ›Kehr besser um und lass dich nach Hause fahren.‹

Soll ich oder nicht?

Schweigend sitzen wir im Auto und hängen unseren Gedanken nach. Ich versuche mir vorzustellen, was da einst vorgefallen sein muss. War das wirklich so schrecklich?

Wir befahren die Autobahn, die nicht nur von Autos, Lastwagen und Motorradfahrer benutzt wird, sondern auch von Fußgängern, Müttern mit ihren Kindern und Fahrradfahrer. Überladene Lastwagen, deren Ladung gefährlich hin und her schaukelt. Fahrzeuge, dessen Räder am schlackern sind. Links und rechts der Autobahn kann man jederzeit shoppen, eine große Auswahl an ›geflochtenen Möbeln aus Rattan, Töpfereiartikel, Vasen, Amphoren in jeglicher große, Obst, holzgeschnitzte Papageien und vieles mehr‹ wird angeboten. In Europa unvorstellbar.

Einige Holzhütten bräuchten etwas Verschönerung. Der Garten wird mit Holzpfählen eingefriedet, damit er Zeit hat wieder zu wachsen. Um einen Zaun zu bauen, wickelt man ganz einfach Stacheldraht um die Holzstämmchen.

Somit fungiert der Stacheldraht als Abtrennung und zugleich als Wäscheleine, bei der die Wäscheklammern überflüssig sind. Dass die gewaschene Kleidung bei dieser Befestigungsart leidet, versteht sich für uns von selbst. Heute muss wohl allgemeiner Waschtag sein, denn die bunte Wäsche haftet an zahlreichen ›Zäunen‹ um an der Sonne zu trocken. Abgase? Das interessiert hier keinen.

Das Ziel erreichen wir, indem wir über die Gegenfahrbahn fahren. Oft muss man, um zu einer Rast-
stätte zu gelangen, wohl oder übel die stark befahrene Gegenfahrbahn so schnell wie nur möglich
überqueren. Hierzulande ist es üblich, die Ausfahr-
ten auf der gegenüberliegenden Seite zu benutzen.

Unweit der Ausfahrt steht eine kleine ›Bodega‹.
Dort sucht uns Señor Digeo ein freies Tischchen. Es
ist Mittagszeit und viele Arbeiter nehmen hier das
Mittagessen zu sich.

Am Tresen geben wir die Getränkebestellung auf,
warten kurz, bevor es zur Kasse weitergeht. Dort
erhalten wir die Getränke mit der Quittung. Mit Blick
auf die Fahrbahn setzen wir uns an den freien Tisch.

Erst jetzt erkenne ich, warum Señor Diego direkt
auf jenen Tisch zugesteuert ist.

Mir fällt das Kilometerschild Nummer 5 zu Anfang
nicht auf, beim zweiten Blick über die Straße entdecke ich das Haus. Die rasant vorbei fahrenden Autos
erschweren ein wenig die Sicht. Ich kann mir überhaupt nicht vorstellen, dass es in dem Gemäuer des
Nachts spuken soll. Für mich ist das ein Gebäude,
das langsam zerfällt. Eher eine Ruine. Kein Fenster,
ohne Risse, Löcher oder es fehlt sogar ganz. Man
erkennt, dass es seit Jahrzehnten unbewohnt ist.
Pflanzen, die an den Mauern und Wänden hochran-
ken. Gewächse, die den Beton durchdringen, sich

ihren Weg zum Licht suchen. Die Natur nimmt das Gebäude in Besitz. Die Erde um die Ruine ist rot gefärbt, wie man das hier oft antrifft. Die Leute hier glauben, tief in der Erde hafte das Blut der verschollenen Personen, eine solche Vorstellung ist für uns unverständlich.

Das Dach zerfällt, kaputte Tonziegel liegen weit verstreut im Erdreich, verschluckt vom hohen, trockenen Gras.

Mir fallen sonst keine weiteren Auffälligkeiten auf.

»Elena, lass es bleiben. Drehe dich zu mir. Du darfst nicht so lange auf das Bauwerk starren«, ermahnt mich Señor Diego.

›Vielleicht können mir die Angestellten dieser ›Bodega‹ weiter helfen‹, denke ich mir. Ich erhebe mich vom wackeligen Plastikstuhl und mache mich auf den Weg zum Tresen.

Leicht über die Theke gebeugt, beginne das Personal zu befragen. Niemand möchte mir sprechen. Ich werde nur mit großen Augen angestarrt. Versteht das Personal mein Spanisch nicht oder dürfen die Mitarbeiter der ›Bodega‹ mir einfach nicht helfen?

Eine bedrückende Stimmung herrscht unter den Frauen und Männern. Beunruhigt, verängstigt, ein aufgeregtes, nervöses Geplapper unter den Angestellten.

Im hinteren Teil der ›Bodega‹ öffnet sich eine Tür, die ich zuvor nicht gesehen habe. Ein stattlicher Mann erscheint, sein Gesichtsausdruck verrät mir nichts Gutes.

Der gut gekleidete Herr kommt flotten Schrittes direkt auf mich zu. Was der Mann von mir möchte, weiß ich nicht, doch dann beginnt ein Wortschwall, dem ich kaum folgen kann.

Ich verstehe nur Bruchstücke: «Unterlassen Sie es, die Belegschaft zu verhören. Wir alle leben in Angst. Des Nachts geschehen Dinge, die sich nicht erklären lassen. Fahren Sie nach Hause, halten Sie sich da heraus. Das geht Sie, als Gringo, nichts an«, begleitet er mich mit leichtem Schubsen, bis zum Wagen von Señor Diego.

Es bleibt uns wohl oder übel nix anderes übrig, als den Heimweg anzutreten.

Natürlich erhalte ich eine Standpauke der Sonderklasse von Señor Diego. Was ich zu hören bekomme, beschreibe ich hier besser nicht. Ich kann nur froh sein, dass er mich noch einsteigen lässt und nach Hause fährt. Schweigend setzt er die Heimfahrt fort.

Unterwegs rufe ich meinen Schatz an, teile ihm mit, wann ich ungefähr an der Hauptstraße auf ihn warte.

Auf der Rückfahrt sinniere ich dem Gehörten, Erzählten und Gesehenen nach. Für mich deutet nichts auf ein ungewöhnliches, verfluchtes Haus hin.

Ist diese Geschichte wahr? Wurde diese Story irgendwann erfunden? Wurde immer wieder etwas dazu gedichtet? Die Gegebenheiten lassen alles um mich herum vergessen.

Ich muss die Wahrheit finden. So schnell gebe ich nicht auf. Was ist mit diesem Haus Nummer 5? Wer könnte mir da weiter helfen? Es bleibt spannend, aber ich will es wissen. Ich werde weiter recherchieren, komme, was wolle.

Sitze im Wagen von Señor Diego, die Zeit verfliegt wie im Fluge. Ich bin so mit meinen Gedanken beschäftigt, dass ich für nichts anderes mehr ein Auge oder Ohr habe, ich bin in eine andere Welt versunken.

Mir fällt es anfänglich nicht auf, erst als Señor Diego mich drauf aufmerksam macht. In der Ferne sehe ich den weißen Pick-up, der pünktlich zur Stelle ist.

Den Berg hinauf zu laufen, bis zur Urbanisation, in der wir wohnen, fühlt sich bei dieser Gluthitze endlos an. Dieser Asphalt mit seinen Löchern, dazu die karibische Sonne, die direkt auf den Teer knallt. Der Belag ist heiß wie Feuer, wirft teilweise sogar Blasen und brennt sich durch die Schuhsohlen.

Die Luft über der Straße flimmert. Dazu kommt die hohe Luftfeuchtigkeit, dass man ins Schwitzen kommt, ohne sich zu bewegen. Kein Schatten, keine

Abkühlung, nicht ein großer Baum, der mit seinen belaubten Ästen ein wenig Schatten anbieten würde. Unter dem man eine kurze Rast einlegen könnte. Die mageren Kühe, die mühsam die letzten Grashalme suchen. Ein normaler karibischer Sommer - trocken und heiß. Das Gras hat seine Farbe von saftigem Grün auf Hellbraun gewechselt und dient nur noch als Trockenfutter.

»Erzähl, wie war es. Ist dir etwas aufgefallen? Hausen wirklich Geister in jenem Bauwerk?«, löchert mich mein Partner und reißt mich damit aus meinen Gedanken.

»Ich beschreibe dir später alles. Bin immer noch angespannt, müde und wieder einmal um eine Erfahrung reicher«, vertröste ich ihn.

Erst Stunden danach kann ich über das besagte Erlebnis sprechen.

»Jedermann in der Nähe lebt in Angst. Die Leute glauben daran, dass der Teufel sich im Gemäuer versteckt und jede Nacht herumgeistert. Auf Menschen lauert, die ihm, dem Satan, ihre Seele verkaufen. Verwundert, gebannt, ängstlich, verstört - ein Gefühl, das ich dir mitnichten beschreiben kann. Ich fühlte mich unwohl bei dieser absurden Glaubensüberzeugung der Menschen, die in jenem Ort leben müssen. Wir wissen, dass es keinen Teufel gibt, auch keine Dämonen, doch die Leute hier auf der Insel sind davon so überzeugt. Warum nur?«, beende ich meinen Bericht.

»Menschen, die weder eine Schulbildung noch einen Beruf erlernt haben, kann man sehr leicht lenken. Schnell glauben sie an Dinge, Geschichten und Erzählungen, bei denen wir von vorherin sagen, das kann nicht sein.« »Du weißt doch Schatz, die Menschen hier, vor allem die Ärmsten unter den Armen, klammern sich an alles, was ihnen erzählt wird«, erläutert mir mein Mann.

Die Nacht verbringe ich schlaflos. Unruhig geistern die Worte der Einwohner in meinem Kopf herum. Die Voodoo- Zauberin spricht mit mir. Ich träume, dass ich in jenem Gemäuer lebe, gemeinsam mit der Zauberin, dem Satan und den Dämonen. Schweißgebadet erwache ich des Öfteren in der Nacht, schaue mich ängstlich um. Jedes Mal erkenne ich, dass ich zu Hause in meinem Bett liege, bewacht von meinem Mann und den drei Hunden. Nur sehr schwer versinke ich wieder in einen angespannten Schlaf. Immer wieder versuche ich zu schlafen, jedoch döse ich nur noch vor mich hin.

Am darauffolgenden Morgen erwache ich frühmorgens durch das helle Licht der aufgehenden Sonne. Laufe mehr oder weniger blind bis zum Frühstückstisch.

»Blass bist du und hast dunkle Ringe unter den Augen«, berichtet mein Partner.

»Wenn du wüsstest, was ich Grausames geträumt habe, hättest auch du dunkle Ringe unter deinen Augen.«

Nach der dritten Tasse Kaffee erwachen endlich meine Lebensgeister wieder. Meine Recherche geht weiter. Nach langer Sucherei und mit Hilfe von Bekannten finde ich folgenden Bericht, der so einiges erklärt:

Das Haus des Kilometers 5
1924
Der damalige Präsident der Dominikanischen Republik, Horacio Vásquez überlässt, durch Vermittlung seiner Gemahlin, eine Parzelle die zwischen Santo Domingo und La Vega (heute KM 5 La Vega) Antonio Parrilla. Einem Mitarbeiter im frischen Wahlfeld vom 16. Mai dieses Jahres.

Grill baut ein Haus in der Parzelle für ihn und seine Familie.

Januar 1930
Antonio Parrilla wurde durch direkte Aufforderung von Horacio Vásquez zu lebenslanger Haft und Zwangsarbeit verurteilt. Nachdem er zugibt, dass er eine Affäre mit der Frau von Präsident Vasquez

hatte. Das Haus wurde auf die drei Grilltöchter verteilt, die im und mit dem Haus verbrannt wurden. Es gibt keine Aufzeichnungen, doch dies ist ein Teil der von Vasquez angegebenen Reihenfolge.

Februar 1930
Der damalige Kommandant der Armee Rafael L. Trujillo sah eine Möglichkeit, die Autorität des Präsidenten Vásquez herauszufordern. Persönlich unterzeichnete er den Abruf von Antonio Parrilla.

In unabhängigen Oppositionstatsachen von Vásquez stehen die Rebellen auf. Sie zwingen ihn, von der Präsidentschaft zurückzutreten und ins Exil zu gehen. Parrilla wurde schließlich am 3. März dieses Jahres freigelassen. Reiste dorthin, wo er zum letzten Mal seine Familie lebend gesehen hatte.

März 1930
Grill baut an der Straße KM 5 der La Vega das Haus wieder auf. Der Wiederaufbau auf den vorhandenen Grundmauern, der damaligen Ruine. (Die heutzutage im verlassenen Haus der Straße Duarte zu sehen ist). Grill gräbt die Reste seiner Töchter aus. Man glaubt, dass er sie in an einem nahen Ort des Hauses begrub. Die Dorfbewohner sagen, dass, ›das Schlechte‹ an der Rückseite dieses Hauses in einer Grube begraben ist.

Mai 1930

Drei Zeugen behaupten, gesehen zu haben, wie ›eine weiße Hand‹ den Körper des Kindes, dem neun Jahre alten Fiordaliza Martínez ohne Grund in den Fluss Jimenoa geworfen haben soll. Sein Körper fortgetragen durch die Strömung des Flusses. Die Kindsleiche fand man nie. In den nachfolgenden Tagen hörten die Nachbarn ein Kind, dass die ganze Nacht im Haus KM 5 geschrien hat.

September 1930 - Januar 1931

Mit Yorquelina Santos beginnend sind zwölf Kinder entführt worden (immer in Dreier-Gruppen), im Gebiet um den KM 5 La Vega.

26. Januar 1931

Antonio Parrilla betritt das Polizeisonderkommando von La Vega, sagt dem Reihenunteroffizier, dass er die Aufgabe beendet hat, die dem ›Teufel‹ imponiert hatte. Ihm wurde unmittelbar danach eine horizontale Wunde im Magen mit einem Buschmesser beigebracht. Er stirbt nur einige Minuten später. Es bildete sich eine Gruppe der Polizisten und Männer des Volkes von La Vega. Sie gingen gemeinsam bis zum Grillhaus des KM 5. Dort machten sie eine grausame Entdeckung. Sie fanden zwölf Kinderleichen, allesamt zerstückelt, jedoch in den unterschiedlichsten Verwesungszuständen.

Als diese Nachricht Trujillo erreichte, wurden alle Polizisten des Sonderkommandos von La Vega an die Grenze ›versetzt‹. Forschungen in den Archiven zeigten, dass diese Geschehnisse und Geheimnisse, als qualifiziert eingetragen waren. Man glaubte, dass das Haus ein Aberglauben sei.

Es wurde nicht abgebrochen, doch der Zugang zum Haus wurde bis Ende seiner Regierungsform, damals 1961 entscheidend verboten. Erst danach durfte jedermann das Gebäude betreten.

Quelle: Historia De La Casa Del KM5 ... Hecho Real

So erscheint diese magische, geheimnisvolle Begebenheit, unter Sagen und Mystisches.

Ich beginne damit, diese Geschichte niederzuschreiben.

Böse Sonntagsüberraschung

Mein Partner ist zu Recht stolz auf seinen Garten. Das darf er auch, denn was er setzt, pflanzt und aussät, das wird auch etwas. Er besitzt einen grünen Daumen. Bei mir ist davon kein Stück vorhanden.

Ich muss das Grünzeug nur etwas schief angucken, dann gehen die Pflanzen ein. Sie verlieren ihre Blätter oder die Blüten lassen ihre Köpfe hängen. Garten ist einfach nicht meine Welt. Ich sehe mich gerne um, betrachte die Blütenpracht seiner Orchideen. Er erkundigt sich über das Internet, welche Pflanzen, der Gesundheit Gutes tun und er diese erstehen kann.

Der tägliche Kampf gegen Schnecken, Raupen, Käfer und vor allem mit unseren Hunden nimmt immer sehr viel Zeit in Anspruch. Unser Gärtner jagt den Rasenmäher ohne Rücksicht auf Verluste durch das Grün. Ab und zu hört man, wenn Jose mit dem Mäher in die Bäume rast.

Am schlimmsten ist es, sobald Jose die Jungpflanzen, die mein Mann kurz zuvor gepflanzt hat, wieder auszupft. Unkraut ist das für den jungen Mann. Das ist einer der Momente, bei dem mein Partner ausrastet.

Jacky, der Rottweiler buddelt sehr gerne die Schösslinge aus, trägt diese dann hoch erhobenen Hauptes zu mir. Sein ganzes Hinterteil mit Stummelschwänzchen beginnt zu wackeln. Die dunkeln Kulleraugen glänzen: ›Gut gemacht, Frauchen?‹

Das sind Umstände, da steige ich rasch in meinen Wagen und fahre zum Einkaufen. Dabei möchte ich lieber nicht zu Hause weilen, wenn mein Gatte das Geschenk von Jacky entdeckt. Nach Stunden kehre ich dann zurück und treffe meinen Gatten im Garten an.

Er schuftet, schaufelt in der Erde und pflanzt bald im Akkord. Zurzeit ist er damit beschäftigt die Gartenmauer, die sich zur Zufahrtsstraße entlang zieht, zu bepflanzen. Mit Sträuchern, deren langen Stacheln Eindringlinge abhalten oder aufhalten soll. Wunderschön sehen diese Stöcke aus, die er mühsam aufgezogen hat. In verschiedenen Farben verteilt er diese direkt an der Mauer.

Büsche in Violett, Orange, Pink und Dunkelrot, zieren nun die Steinmauer. Bougainvilleas.

Die Blütenpracht ist von Weitem zu sehen. Die Stacheln sind gefährlich lang und spitz. Da müssen sich auch unsere Hunde in acht nehmen. Sich angewöhnen, von jener Mauer fernzubleiben. Obwohl sie doch genau dort jederzeit nach Mäusen und Schlangen in den Öffnungen der Steinmauer suchen. Damit ist es nun vorbei. Die Mauer wird zum Sperrgebiet für die Vierbeiner. Begreifen wollen sie das nicht. Bis einer der Hunde jault und sich einen Stachel einfängt. Wer nicht hören will, muss fühlen …

Mein Partner sucht immer Pflanzen, die speziell und selten zu erstehen sind. Unsere ›Perle‹ Esther erscheint eines Morgens und beglückt meinen Mann mit einem Bäumchen. Esther meint dazu, es heißt: »Pello de novia.« ›Haar der Freundin‹.

Doch wir wissen, dass jeder den Sträuchern, Blumen und Gewächsen einen Namen gibt, den sie sich ausdenken. Sicherlich auch Esther auf dem Weg zu uns. Herrlich ist das Bäumchen. Ein Stamm, den mein Partner noch mit einem Stab stützen muss. Den Platz dafür hat er sich schon ausgesucht. Hat er gewusst, dass Esther ihn überraschen wird, oder buddelt er einfach nur gerne Löcher in die Erde?

Wie gut kenne ich meinen Lebenspartner eigentlich? In der Schweiz nannte man ihn oft ›der Garten-Maulwurf‹.

»An der Mauer zwischen die roten, violetten und orangefarbenen Bougainvilleas, da passt es hin«, lacht er mir zu und verschwindet im Garten.

Ich hoffe so sehr für meinen Partner, dass er sich lange Zeit an der Pracht, seinem Werk erfreuen kann. Ahne ich, was geschehen wird? Was ist nur mit mir los? In der Nacht zuvor träumte ich wieder einmal einen sehr dramatischen Traum. Albträume rauben mir oft den Schlaf.

Es ist Samstag. Ein Tag, den wir oft und gerne abends am Strand verbringen. In unserem Lieblingsrestaurant, bei einem leckeren Essen, den Sonnenuntergang erleben.

Warum wir das heute nicht tun? Das weiß nur der liebe Himmelvater …

So verbringen wir den Abend zu Hause, lassen den ereignisreichen Tag ausklingen, beobachten die Kolibris, Echsen und vor allem unsere Hundebande.

Kurz vor dreiundzwanzig Uhr schließe ich die Fenster im Schlafzimmer, schalte das Klimagerät ein, damit es auf eine angenehme Temperatur abkühlt. Gegen Mitternacht huschen wir in unsere Betten.

Doch die Hunde verhalten sich diese Nacht merkwürdig. Ich höre nichts außer dem Schnarchen von meinem Gatten. Ich kann meine Ohren noch so spitzen, von draußen ist nicht das Geringste zu vernehmen.

Keinen Mucks, weder Katzen, die ihr Revier verteidigten, noch sonst etwas. Ruhe, Totenstille - eine unheimliche Stille. Kann ich deshalb nicht schlafen? Erst in den frühen Morgenstunden verfalle ich eine Art Dämmerzustand. Höre nicht, wie mein Mann bereits mit den Hunden im Haus beschäftigt ist. Er

Kaffee kocht und die Vierbeiner füttert, nix von all dem bekomme ich mit.

Doch dann urplötzlich werde ich aus dem Schlaf gerissen. Unsere Vierbeiner legen lauthals los. Wie das tönt, das kann ich kaum beschreiben.

»Von Bariton, Bass bis hin zu einem Kläffen, dass jedermann Angst einflößt.« Ich muss nachschauen, was da im Garten vor sich geht. Mühsam erhebe ich mich aus dem Bett. Hastig ziehe ich mir Shorts und Shirt über, schlüpfe in Flip-Flops. So schnell es mir möglich ist, rase ich dem Geräusch entgegen.

Nun erkenne ich meinen Partner, lautstark diskutierend, wütend vor sich hin fluchend steht er vor einem großen Steinhaufen. Die Vierbeiner immer noch bellend, ihre Nackenhaare aufgestellt und zähnefletschend in seiner Nähe.

Ein Mann, der des Nachts für die Sicherheit in der Urbanisation zuständig ist, um für Ruhe und Ordnung zu sorgen. Jetzt steht er auf diesem Berg aus Steinbrocken. Bewacht den Steinhaufen vor allem die Öffnung, die entstanden ist. Die Angst ist ihm ins Gesicht geschrieben, denn unsere drei großen Hunde nähern sich dem Wächter verdächtig.

Die Hunde versuchen durch ein unaufhörliches Gekläffe und gefletschten Gebissen, den Aufpasser in Zaun zu halten. Als wollten sie dem Mann sagen: ›Hier kommst du nicht rein.‹

»Sag mal, was ist denn hier geschehen«, frage ich kopfschüttelnd, als ich neben meinem Mann stehe und die ganze Misere sehe.

Ein Schutthaufen mitten in unserem Garten? Die Mauer auf ganzen fünf Metern total zerstört. Die Pflanzen kaputt, begraben unter den Steinen.

Was für ein Glück wir doch besitzen, dass die Hunde nicht ausgerissen sind. Den Wächter anfielen, ihm mit ihren Gebissen die Kleider zerrissen haben. Nein, die stehen nur da und verteidigen ihr Revier.

Jetzt erst sehe ich, dass vor der einstigen Mauer ein Auto steht. Eher ein Autowrack, denn fahrtüchtig ist das Teil absolut nicht mehr.

»Der Fahrer sei nur leicht verletzt. Ein Engländer, siebzig Jahre jung. Morgens um vier Uhr versuchte dieser, von einem Fest nach Hause zu fahren. Volltrunken hat er die Mauer nicht gesehen, brumm«, erklärt uns der Wachposten, der immer noch aus Angst vor den Hunden, die Hände in die Höhe streckt.

Immerfort jammert er: »Tut mir nix. Ich pass nur auf, dass keiner eintritt.«

Jacky, der Rottweiler schnauft verdächtig, stellt sein Haarkragen auf und hechtet wie eine Ziege im Garten herum. Wer diesen Rotti nicht kennt, der bekommt es mit der Angst zu tun.

Sofort eilt mein Gatte ins Haus, kommt mit Kamera und einer Flasche Rum zurück. Er postiert die Flasche auf dem Steinhaufen und knippst diese Bilder zur Erinnerung. Kein Alkohol am Steuer, bitte.

Immer wieder sonntags passiert bei uns Unvorstellbares ...

Eine Idee teilt mir mein Partner sofort mit. Etwas Positives hat dieser Schutt doch:

»Wir möchten doch den Hundepool vergrößern. So brauchen wir keinen Geröllschutt herzuführen und zu bezahlen. Wir entsorgen diesen hier im Garten.«

Wie gut, dass mein Lebenspartner doch immer das Gute in einer Sache sieht. Ich hingegen bin kurz vor dem Ausflippen.

Denn ich sehe das riesige Loch in der Mauer. Jeder hat nun freien Zugang. Angst macht sich in mir bereit. Leise fluche ich, wenn da des Nachts nur kein Eindringling erscheint.

Umgehend rufe ich den Chef der Urbanisation an. Melde ihm, was des Nachts geschehen ist. Muss mich ernsthaft zusammenreißen, dass ich anständig, ruhig und sachlich bleibe. Ab und zu geht mein Temperament mit mir durch.

»Hallo, hast du schon gehört, unser Mauerwerk ist eingestürzt. Besser gesagt, da ist einer in die Steinmauer gekracht. Hat diese umgefahren. Dass er nicht mit seinem Wagen in unserem Garten gelandet ist, war Glück im Unglück. Wie lange die Reparatur dauert?«

»Als Erstes stelle ich euch einen Wachposten hin. Montag beginnen wir mit der Reparatur. Eine Woche musst du dennoch einplanen.«

Tolle Aussichten: Die Hundewiese und der Obstgarten werden zum Sperrgebiet für die Dauer von acht Tagen. Die Hunde müssen sich mit viel weniger Garten zufriedengeben. Ich hingegen leide jede Nacht. Schlaflos höre ich, wenn eine Mücke pupst, erschrecke mich und sitze kerzengerade im Bett.

Den Platz der kaputten Mauer nutzt mein Mann, um mit dem Gärtner das Hundeschwimmbad zu vergrößern.

»Man sollte aus allem immer das Beste machen, Schatz«, lacht er mich an. Ich weiß doch ganz genau, wie mein Gatte leidet. Alle seine Pflanzen, Blumen und Bäumchen sind nicht mehr vorhanden. Nur weil ein Autofahrer die Straße wohl doppelt oder dreifach gesehen hat. Die Mauer versperrte ihm die Weiterfahrt. Oder wie soll ich mir das sonst vorstellen, dass die Pflanzen nun unter dem Schutt begraben sind?

Trotzdem versucht mein Mann, einige der Pflanzen zu retten. Es gelingt ihm. Eben, er mit seinem grünen Daumen. Geduldig setzt er die geretteten Pflänzchen um und spricht ihnen gut zu.

So beginnt das Spiel von vorne, die Karten werden neu gemischt. Die Gärtnereien erfreuen sich an einem Kunden, der einen Großeinkauf tätigt. Mein Mann ist auf der Piste Richtung: VIVERO - Gärtnerei.

Die Hunde? Werden, wenn ihr Hundebassin fertig gebaut ist, ihren Spaß haben. Natürlich werden sie auch wieder viele neue Bäumchen zu beschnuppern haben. Nur Ausgrabungen werden verboten sein ...

Frau im roten Kleid am Straßenrand (SAGE)

»Warum jetzt? Heute, wo wir doch dringend zum Einkaufen in die nächste größere Stadt müssen? Himmeleia«, flucht es laut vom Garagenplatz hinauf zum Haus. Ich laufe rasch runter, gucke, was da los ist. Die Motorhaube vom Pick-up ist geöffnet, mein Mann gebeugt über den Motor, schwitzend, ölverschmiert.

»Der Wagen ist defekt. Kein Motorengeräusch ist zu hören. Nicht den leisesten Mucks gibt das Auto von sich«, jammert mein Gatte vor sich hin.

Er fummelt weiterhin am Motor und der Batterie herum. Was nun? Es nützt alles nix. In diesem speziellen Fall müssen wir uns ein Taxi leisten? Das dringend benötigte Material erhalten wir nur in verschiedenen Geschäften in der Stadt. So bleibt uns wohl kaum etwas anderes übrig, als den Fahrer Juan Miguel zu bestellen.

Sofort setzen wir das in die Tat um. Mein Partner eilt ins Badezimmer, denn er sieht aus, als wäre er geteert und bereit, gefedert zu werden. Er wäscht sich die schwarze Schmiere vom Körper, sucht sich frische Kleider mit leisem Grummeln heraus.

Ich rufe die Nummer von Juan Miguel an. Seine Frau ist am anderen Ende und erklärt mir, dass Juan Miguel Arbeit in einem Hotel angenommen hat. Das freut mich für ihn, doch was tun wir jetzt?

Ich erinnere mich, dass mir von einer Bekannten, ein anderer Fahrer empfohlen wurde. Diesen rufe ich nun an.

Eine Stimme meldet sich etwas mürrisch: »Sí, lo que usted quiere?«

Ich erkläre ihr, dass wir ein Taxi benötigen für den ganzen Tag, und gebe unsere Adresse an, mit dem Hinweis, dass der Chauffeur sich an der Schranke melden soll, wenn er die Urbanisation gefunden hat.

»El coche llegará en 1 hora a usted. Mas o meno.«

»In einer Stunde?«

Zur Bestätigung bekomme ich ein knappes: »Si, no Problemo.«

Ich frage die Stimme am anderen Ende nicht, ob die Stunde dominikanisch oder europäisch gemessen wird. Das kann bedeuten, dass es sich entweder um Stunden handeln wird oder aber auch, dass der Wagen erst morgen erscheint ...

Landestypische Unpünktlichkeit.

Einige Zeit später meldet sich Felix, der Pförtner per Telefon: »Ein Taxi ist vorgefahren. Der Fahrer, ein älterer Herr habe ihn angewiesen, den Wagen bei uns anzumelden.«

»Schön, das klappt doch fast wie die typische Schweizer Pünktlichkeit«, lache ich meinem Mann zu, der gerade frisch gewaschen und gestriegelt den Raum betritt.

Felix, ein Dominikaner, hilft uns immer bei jeder erdenklichen Gelegenheit. Das beruht auf Gegenseitigkeit. Wir gehören hier in dieser feinen Anlage zu den ›gewöhnlichen‹ Leuten. Sind wohl auch die Einzigen, die mit dem Pförtner, Gärtner und Müllmann sprechen. Uns deren Probleme anhören. Oft auch mit Reis und kochfertigen Hühnchen aushelfen. Jeden Morgen erhalten die Arbeiter von uns eine Kanne Kaffee. Die obere Schicht, die in dieser Urbanisation, in ihren Villen oder Schlössern residieren, sprechen allgemein nicht mit dem sogenannten Fußvolk.

»Wir kommen sofort. Der Fahrer soll doch bitte kurz warten«, teile ich dem Portier mit.

Zuerst erblicken wir den älteren Chauffeur. Sein gegerbtes Gesicht fällt mir sofort auf. Er lacht uns an, strahlend weiße Zähne blitzen uns entgegen. Seine bescheidene Kleidung verrät uns, dass dieser Mann bestimmt nicht zu den Reichen dieser Insel gehört. Er fuchtelt mit den Händen in der Luft herum, winkt uns herbei.

Wir freuen uns, dass es doch so einfach ist. Das Leben kann so schön problemlos sein, wenn man sich auf die Leute verlassen kann.

Jetzt sehen wir uns das ›Taxi‹ etwas genauer an. »Glaubst du, dieses antike Mobil schafft die Straße bis in die Stadt? Die Stoßdämpfer? Vermutlich nicht mehr vorhanden«, schmunzelt mein Mann mir zu.

Rostig, etwas tiefer gelegt, bestimmt nicht mit Absicht. Einladend öffnet der Autobesitzer stolz eine der schwergängigen Seitentüren mit einem knarrenden, quietschenden, fast undefinierbaren Geräusch. Vor allem muss der Fahrer die Türe stützen, ansonsten würde diese wohl auf dem Boden landen.

»Por favor, Doña, ponte en mi coche.« Freundlich ist er, der Fahrer, denn dieses ›Doña‹, hat zuvor noch niemand zu mir gesagt.

Im Inneren des Fahrzeuges sieht es nicht im Entferntesten besser aus. Ich lasse mich auf die Rückbank fallen, was ich unmittelbar bereue. Steinhart und keine Federung im Sitz. Mein Steißbein leidet Höllenqualen, ich auch.

Der Bezug besaß vor Jahrzehnten eine knallige Farbe, die nun nicht mehr zu definieren ist. Mein Partner nimmt vorne neben dem Fahrzeugführer den Platz ein. Ich teile dem Fahrer mit, wohin wir überall müssen. Wir diskutieren den Preis für einen ganzen

Tag. Als die Summe für uns akzeptabel ist, kann es losgehen.

Der ältere Herr startet den Motor. Zumindest versucht er es. Ein Knattern und Klopfen ist hörbar.

›Ratatata, Ratatata.‹ Immer wieder mit viel Geduld versucht er es.

›Ratatata, Ratatata, Ratatata.‹ Der Mann faltet die Hände, bekreuzigt sich und schickt ein Stoßgebet in den blauen, wolkenlosen Himmel. Beim dritten Versuch springt der Motor an. Eine dicke Rauchwolke oder eher gesagt, dicker Qualm, der das ganze Quartier in dickem, grauschwarzen Nebel hinterlässt. Egal, Hauptsache, wir fahren endlich los. Die Fahrt kann beginnen in Richtung Großstadt.

Zuerst sitzen wir alle schweigend im Auto. Erst nach einigen Kilometern spricht der Mann mit uns. Langsam taut er auf.

»Woher wir ursprünglich herkommen? Wie viele Kinder wir hätten? Ob uns die Insel gefällt?« Er quetscht uns regelrecht aus. Doch das zeigt, dass er einfach nur freundlich sein möchte. So gebe ich geduldig auf jede Frage Antwort und beginne ihn auszufragen. Die Unterhaltung lenkt vom desolaten Zustand des Wagens ab. Ich hoffe nur inbrünstig, dass die Bremsen funktionieren. Spüre kaum mehr, wenn das Fahrzeug über Dellen rast oder stottert.

Abgelenkt durch die Gespräche, treffen wir schneller, als gedacht, in der Stadt ein.

Er bringt uns sicher von Geschäft zu Geschäft. Geduldig wartet er vor jedem Laden. Wenn wir voll beladen mit unseren Einkäufen aus dem Geschäft treten, eilt er uns entgegen und hilft, das Material zu verstauen. Sein Kofferraum, na, ja, sagen wir dominikanisch …

Nach Stunden ist der größte Teil des Einkaufs geschafft. Dass wir Hunger haben, ist unüberhörbar, denn unsere Mägen knurren lautstark. Die Armbanduhr zeigt weit nach Mittag. Ich frage den Taxibesitzer schüchtern, was sonst nicht meine Art ist.

»Wissen Sie, wo man hier in der Stadt gut, jedoch nicht teuer zu Essen erhält. Am liebsten in Lokalen in denen Dominikaner ihre Mahlzeit einnehmen, keine Touristen.«

Er nickt kurz, lacht und lenkt den Wagen durch schmale Gassen. Kreuz und quer geht die Fahrt. Als er einen freien Parkplatz gefunden hat, hält er das Fahrzeug an.

»Angekommen. Aussteigen, ich zeige es Ihnen.« Nirgends fällt uns ein Restaurant, eine Gaststätte, Bude, Kiosk oder Ähnliches, auf. Plötzlich stehen wir vor dem vermeintlichen Restaurant.

Mein Mann meint sofort, als er das ›Lokal‹ sieht: »Schatz, das ist bestimmt eine Hahnenkampfarena, hier bekommen wir nichts zu essen.« Trotzdem folgen wir unserem Fahrer.

Jetzt erst sehen wir die drei riesigen Aquarien. Sensationell sieht das aus. Drei Fischbecken, jedes grob geschätzt einen Meter lang. Darin schwimmen zahlreiche Fische, doch vor allem Langusten. Direktfang vom nahen Meer. Die Fassade. Blechteile vermischt mit Bambusteilen, Holz-Bretter in allen möglichen Größen und unmöglichsten Farben.

Die Eingangstür, mit wunderschönen Schnitzereien und Ornamenten, der man leider einen hellblauen und rosaroten Anstrich verpasste. Nach der Tür erstrecken sich weitere drei Aquarien mit demselben Inhalt. Dieselbe Fassade zusammengebastelt mit dem, was man zur Verfügung hatte.

Wir treten durch diese ›Himmelspforte‹. Glauben, zu träumen. Eine wunderschöne, landestypische Einrichtung nimmt uns in Empfang. Dicke Balken, Säulen aus Holz, verziert mit unzähligen Schnitzereien. Kleine Kunstwerke, Unikate einer wunderschönen Handarbeit. Kein Holz-Tisch, kein Holz-Stuhl gleicht dem anderen. Farbenfroh und doch richtig gemütlich. Die Aquarien gut sichtbar.

»Was wird am meisten bestellt in dieser Kneipe?«

»Frische Langusten«, erklärt der Chauffeur.

Wir suchen uns einen geeigneten Platz aus, laden den Fahrer ein, mit uns zu essen, da er uns dieses

Lokal empfohlen hat. Kaum haben wir auf den Stühlen unseren Platz eingenommen, erscheint aus dem Hintergrund eine Frau. Sie tritt zu uns, schaut uns etwas skeptisch an. Sie wird sich denken, diese Gringos, verirren sich in meine bescheidene Gaststätte?

Unser Fahrer unterhält sich mit der Dame, die prompt gemeinsam eine Diskussion führen. Für uns hört sich das alles mehr als nur spanisch an. Wir schauen uns weiter um und entdecken immer wieder Neues.

Da der Chauffeur für uns bestellt, versäumen wir. Es gibt so viel anzuschauen. Bis die Überraschungs-Mahlzeit gereicht wird, sprechen wir ausgiebig mit dem Begleiter. Einige spannende Geschichten weiß er zu berichten. Vor allem die Sage von der ›Frau im roten Kleid‹, finde ich so sagenhaft faszinierend.

Vor vielen, vielen, Jahrzehnten, als er selbst noch ein kleiner Junge war, wurde ihm diese Geschichte schon von seinem Großvater erzählt. Mit der Ermahnung, diese an seine Kinder, die hingegen auch wieder an deren Kinder weiter zu erzählen.

So berichtet er uns in einer eher bescheidenen Ausdrucksform, da er eine Schule nie besucht hatte:

»Damals hat es noch keine solchen Fahrbahnen gegeben, wie in der heutigen Zeit. Früher waren die Straßen naturbelassen. Rote Erde, die Steine in den Untergrund eingewalzt vom Verkehr, das reichte. Es gab Fahrer, die ihre Dienste anboten, also eine Art Taxi-Betrieb. So konnten einige Männer, die Fahrzeuge besaßen, ihre Familie ernähren. Mit der Leistung, Personen von A nach B zu führen. Tag und Nacht waren diese abwechselnd unterwegs.

Eines Nachts, als ein Unwetter über der Insel tobte. Der Sturm, Windböen, Hurrikan ähnlich, mit solch einer Kraft, dass leichtere Gegenstände durch die Luft wirbelten. Ein sehr starker Regen machte es unmöglich, nach draußen zu gehen. Öffnete man die Tür, musste man sich festhalten, so stark wütete der Wirbelsturm.

Um sich fortzubewegen, benötigte man seine ganze Kraft, um in vornübergekippter Haltung, sich überall festhaltend, einige Schritte zu gehen. Wieder einmal zeigte die Natur Gottes Gesicht, welchen Kräften er sich bedienen konnte. War Gott so wütend? Was war geschehen? Palmen bogen sich bis zum Boden. Bretter, Zinnbleche erhoben sich in die Luft und wurden krachend zu Boden geschleudert. Ein Sturm, der das Meer toben und kochen ließ. Man hörte, wie die Wassermassen mit lautem Knall an die Felsen geschlagen wurden. Aufbäumend mit der ganzen Gewalt die Wasser zu eigen ist. Gott wollte, dass die Menschheit wieder an ihn, den Herrn im Himmel, glaubten.

Gläubige falteten ihre alten, von der harten Feldarbeit gezeichneten, runzligen Hände zusammen. Gemeinsam wurde gebetet, der Blick emporgerichtet gen Himmel, den man nicht mehr sah.

Doch der eine Fahrer hörte nicht auf die Ermahnungen seiner Frau und seinen Kindern. Und auf die Ermahnungen der anderen Männer. Fast trotzig und stur machte er sich, trotz diesem starken Sturmes, auf den Weg. Es sei sicherlich nicht so schlimm. Die Leute wollten doch genau deshalb sicherlich trocken nach Hause gebracht werden, rief er den zurückbleibenden Männern zu, bevor er losfuhr.

So war der Mann allein unterwegs, auf der Suche nach einem Fahrgast, damit sich sein Mut auch rechnete. Weit und breit war niemand zu sehen, was vorauszusehen war. Wer wagte sich schon bei diesem Hurrikan auf die Straße? Jederzeit musste man doch damit rechnen, von einer Palme oder herumfliegenden Gegenständen getroffen oder erschlagen zu werden. Das lässt keiner freiwillig zu. Die Leute blieben zu Hause in ihren ärmlichen Hütten, um zu retten, was noch zu retten war.

Dunkele, finstere Nacht, in der niemand bei dem Wetter den Weg benutzte. Er war allein unterwegs. Keiner in der Nähe, der das wusste, außer Gott, der das so wollte.

Durch die Frontscheiben konnte er kaum mehr etwas erkennen, da es immer noch sehr stark stürmte und schüttete, als seien die Schleusen im Himmel geöffnet.

Die sich langsam hin und her bewegenden Scheibenwischer beeinträchtigten die Sicht. Die Frau im roten Kleid, er sah sie nicht. Gott wollte das so.

Sie stand im roten Kleid am Wegesrand, winkte dem Taxifahrer zu, dennoch sah er sie nicht. Oder vielleicht sah er sie zu spät? Erst nach einer gewissen Zeit? Er überrollte sie. Er spürte wohl, dass etwas passiert sein musste, doch dachte er an ein Tier. Das kam durchaus immer wieder vor.

Doch an einen Menschen, an eine Frau, dachte er nicht. Erst musste er sich zurechtfinden. Dunkelheit, kein Licht. Die zwei Lampen an seinem Wagen reichten bei Weitem nicht aus, den Weg zu erhellen. Schwerfällig versuchte er eine Stelle zu finden, damit er wenden konnte. Nach endlosem Suchen kam er an der Stelle an, wo er die Unebenheit unter seinen Rädern gespürt hatte. Bis er diese Stelle, auf dieser immer gleich aussehenden Strecke fand, verging sehr viel Zeit.

Jetzt erst sah er das leuchtend rote Kleid, das durch den Nebel des Regens vorher nicht ersichtlich war.

»Lieber Gott, was habe ich getan?«

Eine junge bildhübsche Frau. Gekleidet mit edlem Stoff in Rot. Ihre langen Haare, genässt vom Schauer, lagen fächerartig ausgebreitet im Schlamm und Dreck. Der starke Wind konnte der Schönheit nichts anhaben. Sie lag nur da. Es bewegte sich weder das nasse Kleid noch ihre langen schwarzen Haare. Der Sturm wurde immer stärker. Doch sie lag einfach nur da, ihre leblosen Augen starrten ihn an …

Was sollte er nun tun? Sein Blick ging hoch zum Himmel, der immer noch dunkel, finster war. Der Regen peitschte in sein Gesicht. Er spürte es jedoch nicht. Keinen klaren Gedanken konnte er fassen. Er musste sich entschließen, etwas zu tun.

Niemand hatte ihn gesehen. Keiner wusste, was geschehen war. Er würde dieses Geheimnis ein ganzes Leben lang mit sich herumtragen.

Er verfrachtete sie vorsichtig in den Wagen, transportierte sie bis zum nächsten Haus. Wie ein räudiger Hund schaute er sich immer wieder um. Niemand war zu sehen. Das Haus musste vor Kurzem verlassen worden sein. Die Eigentümer verweilten vielleicht bei ihrer Familie. Damit alle zusammen sein konnten bei diesem Sturm des Jahrhunderts?

Er hielt dort an, trug die Frau im roten Kleid bis vor die Holztür, schlich geduckt und lautlos wieder davon.

Kein Sterbenswörtchen kam gegenüber den anderen Fahrern über seine Lippen. Er schwieg, jammerte nur, dass er jene Nacht keinen Peso verdient hatte.

Bis zu dem folgenschweren Tag, als diese Frau im roten Kleid, aufs Neue am Fahrweg stand. Sie winkte, immerfort winkte sie, bis ein Taxi stoppte. Hielt der Wagen an, war sie verschwunden. Setzte das Fahrzeug sich wieder in Bewegung, saß die Frau im roten Kleid im Fond des Wagens. Wollte der Fahrer sie ansprechen, lachte sie nur lauthals los und verschwand.

Immer wieder stand diese Frau im roten Kleid an dieser einen Stelle. Jede Nacht hielt ein Taxifahrer an. Man war nie sicher vor dieser Frau. Auch heute steht die Frau noch dort. Die Handlung sei aber und abermals gleich. Sie winkt. Ist weg. Danach sitzt sie im Auto. Einige Fahrer seien in den Tod gefahren. Andere hingegen wurden als Irre eingesperrt«, endete unser Chauffeur die Geschichte.

Die Stirn in Falten gelegt, schaute er uns an.

»Ja, auch bei ihm saß sie ab und zu nachts im Wagen. Gott will das so«.

In mir hinterlässt die Sage ein mulmiges, beunruhigendes Gefühl. Das sich sofort in der Bauchgegend bemerkbar macht. Magen und Bauch sind laut zu hören, es rumpelt. Der Hunger ist wie weggeblasen.

Es gelingt mir, rechtzeitig das stille Örtchen aufzusuchen.

Soll ich schreiend die Flucht ergreifen? Am liebsten möchte ich einen anderen Fahrer bestellen. Sofort wäre unser Taxifahrer jedoch beleidigt, in seiner Ehre gekränkt, wenn wir auf einen anderen Fahrer beharren würden. Das darf ich diesem Mann nicht antun …

»Durchhalten, Ellen«, rede ich auf mich selbst ein.

Die dampfende Mahlzeit wird an den Tisch gebracht. Mein Partner immer noch hungrig, greift herzhaft zu. Der Fahrer tut es ihm gleich. Nur ich, ich überlege, was der Mann uns da erzählt hat. Diese Geschichte beschäftigt mich sehr, sie war spannend und dennoch bekomme ich bei dem Gedanken an die Frau im roten Kleid eine Gänsehaut. Eiskalt läuft es mir den Rücken hinunter. Wirklichkeit? Schauermärchen für Gringos? Der Appetit ist mir fürs Erste gründlich vergangen. Die Mahlzeit haben die beiden Männer sichtlich genossen, mein Mann bezahlt die Rechnung und ist erstaunt über den niedrigen Preis.

»In Europa hätten wir das dreifache für einen solchen Gaumenschmaus hinblättern müssen«, lacht mein Schatz.

Mir ist jedoch nicht zum Lachen, denn nun geht es zurück zum Fahrzeug. Ich muss einsteigen. Mir bleibt keine andere Wahl.

Die Rückfahrt verläuft für Fahrer und meinem Mann reibungslos. Hinten auf der Rückbank ist mir nicht mehr so geheuer. Saß sie da wirklich? Spüre ich sie? Ist sie jetzt auch da? Beginne ich zu fantasieren? Oder ist es die Gluthitze, die meinem Hirn nicht gut tut? Ich versinke in meinen Tagträumen und verpasse fast die gesamte Fahrt …

Es ist bereits Abend, als der Taxilenker vor der Pforte parkt, wir bezahlen den Tag wie besprochen. Der Fahrer erhält ein Trinkgeld, da er uns erstens sicher und zweitens ohne Vorfälle wieder nach Hause gefahren hat. Er, der ältere Mann, hält meinen Mann am T-Shirt zurück.

»Bevor Sie gehen, wir werden uns wohl nie wieder über den Weg laufen, lade ich Sie beide für nächste Woche ein. Passt es Ihnen beiden am Freitag? In meinem Dorf wird ein Fest gefeiert. Der Älteste Dorfbewohner feiert den 90. Geburtstag. Bitte, darf ich Sie am Freitagmorgen hier abholen? Dort können Sie sich überzeugen, dass man noch über einige Geschichten und Sagen mehr zu erzählen weiß. Viele der jungen Leute von heute kennen diese nicht. Doch Ihnen beiden möchte ich gerne ›unser‹ Land, meine Heimat, näher bringen. Ist der Freitag in Ordnung für Sie?«

Wiedersehen? Zusagen? Ausrede erfinden? Wir stimmen zu. Was ich im nächsten Moment schon wieder bereue. Wieder neben der Frau im roten Kleid zu sitzen auf der so bequemen Rückbank ...

Noch einige Zeit sitzen mein Gatte und ich zusammen auf der Terrasse. Wir sprechen über das Erlebte und Gehörte, einfach den Tag Revue passieren lassen. In der kommenden Nacht schlafe ich sehr schlecht. Tags darauf entsorge ich erst einmal alle meine roten Kleider. Unsere ›Perle‹ Esther bekommt diese. ›Die folgenden Monate, Jahre, trage ich kein Rot mehr‹, verspreche ich mir selbst.

Es wird mir jetzt erst klar, auf was wir uns mit dem Versprechen am Freitag mitzufahren, eingelassen haben. Es kann jede Menge geschehen, als Weiße, in einem Dorf mitten unter Dominikanern?

Eines ist aber so sicher wie das Amen in der Kirche: abgemacht, ist abgemacht. Diese Gelegenheit lassen wir uns nicht nehmen. Was dort auf uns zukommt, möchten wir nicht versäumen.

Einladung beim Ältesten im Dorf
(Sage, Geschichten, Kuriositäten)

Damit gerechnet? Niemals. Das Haustelefon klingelt, kaum zu überhören am frühen Freitagmorgen.

›Ring, Ring, Ring.‹

»Ja, ja, ich komm ja schon. Nicht so schnell mit den alten Pferden«, rufe ich dem Apparat zu. Doch dieser schweigt nicht. Will mich nicht verstehen.

›Ring, Ring, Ring.‹

Schon bevor ich den Hörer am Ohr habe, ertönt die Stimme des Pförtners noch etwas verschlafen.

»Der Taxifahrer von letzter Woche steht wieder hier. Er möchte Sie abholen«.

Er kommt wirklich? Der gute Mann mit seinen Geschichten hat uns nicht vergessen? Sofort spreche ich mit meinem Partner, der mich nur ungläubig anschaut.

»Der Fahrer hält tatsächlich das Versprechen? Fantastisch. Ist das schon heute? Wurde dieser Tag vereinbart? Ach, ja, es ist Freitag oder?«

Die ›Perle‹ Esther schaut zu Haus, Hof und Hunden. Sie wird für die Überstunden fürstlich bezahlt, das gehört sich so.

Rasch packen wir das Nötigste zusammen. Ein Gastgeschenk? Besitzen wir ein Gastgeschenk? Was zu Hause immer zu finden ist? Verständlicherweise in diesem Land, Rum, falls unangemeldet Besucher erscheinen für einen ›Cuba Libre‹. Zigarren sind auch vorrätig. Die Rumflasche ist noch nicht angebrochen, am Flaschenhals befestige ich einige Zigarren der Marke Gohiba. Das Ganze verzieren wir noch mit Blumen aus dem Garten. Vor allem mit Moringazweigen. Dieses Moringa aus deren Blättern man köstlichen Tee aufgießen kann. Getrocknet und fein gemahlen ist er sogar zum Würzen von Speisen geeignet.

Sieht gar nicht so übel aus, unser improvisiertes Geschenk für den ältesten Mann im Dorf.

Die Hunde erhalten jeder noch einen leckeren Knochen zur Beschäftigung, Bestechung oder als Ablenkungsmanöver. Wir laufen in Richtung Pforte.

Herzlich nimmt uns der Taxichauffeur in Empfang. Diesmal hüte ich mich vor der Rückbank des Fahrzeuges. Ganz vorsichtig, fast sachte, nehme ich Platz auf dem Rücksitz.

›Aus Erfahrung wird man klug‹, denke ich bei mir. Das Gefühl beschleicht mich, als säße die Frau im roten Kleid neben mir. Meine Fantasie, die mir wie oft einen Streich spielt, meldet sich.

Sie spricht zu mir. Die Frau im roten Kleid redet unaufhörlich.

›Rot würde Ihnen auch gut zu Gesicht stehen.‹ Stupst sie mich an? Nein, es ist mein Gatte, der mich aus meinen Tagträumen zurück in die Realität holt.

Heute ist der gute Mann, der Taxifahrer, wie ausgewechselt. Gesprächig, voller Stolz und Freude, wie uns scheint uns. Er chauffiert uns in fremde Gegenden, in die abgelegenen Regionen der Berge, führt er die Karre.

Schmale, sehr enge holprige Pfade, wie man hier die Straßen nennt, befahren wir. Da darf uns kein anderes Fahrzeug entgegen kommen, denn ausweichen ist unmöglich. Auf der einen Seite Berge, dschungelähnliches Dickicht. Die andere Seite steil abfallend. Leitplanken? Fehlanzeige. Keine Sicherheit. Wir befahren Stellen, da fehlen Teile des Pfades. Diese sind abgerutscht in die Tiefe des Abgrundes. Tage zuvor hatte es in unserer Region stark geregnet. Es kann schon vorkommen, dass sich riesige Erdmassen von einem Berg lösen, Steine unterspült werden und danach Erdrutsche die Folge sind. Ganze Hütten liegen begraben in einer Schlucht. Keiner weiß, ob sich Menschen darin befanden. Es geht niemand hin, um nachzusehen, weil es viel zu gefährlich ist. Geflissentlich weggucken ist viel einfacher und sicherer. Natürlich wird das Beten nicht vergessen.

Zwei vor ihren ärmlichen Hütten sitzende Frauen winken und fuchteln, nur um Aufmerksamkeit zu bekommen. Bunte Tücher schwenken durch die Luft wie flatternde Landesfahnen.

Nun sehen wir genauer hin und erkennen, was vorgefallen ist. Die Brücke, die vor Kurzem noch befahrbar war, ist verschwunden. Weggespült von der Naturgewalt ›Regen‹, der Wochen zuvor verstärkt auf der Insel herrschte. Die Natur holt sich zurück, was der Mensch ihr stahl.

›Das Naturreich wehrt sich‹, denke ich mir.

Weggebrochen, in die Schlucht gestürzt, vermutlich unter der Last eines überladenen Lastwagens. Den maroden Brettern war es unmöglich, der Last standzuhalten. Ein fast alltäglicher Unglücksfall.

Unser Fahrer verlässt das Gefährt, tritt zu den beiden Frauen und führt eine Diskussion, jener wir nicht folgen können. Warnungen oder Ängste der Señoras? Unser Fahrer fuchtelt, schimpft und wettert, das entnehmen wir seiner Gestik und seinem Gesichtsausdruck. Nach unendlich langer Zeit kehrt er zurück.

»Wir müssen wenden.«

Auch das noch, eine leichte Panik beschleicht mich. Mein Mann hingegen fiebert freudig einem Abenteuer entgegen. So versucht unser Fahrer zu wenden. Vor, zurück, vor, zurück. Um Haaresbreite am Abgrund vorbei.

Ich schließe die Augen, meine Hände werden nass. Ich will das nicht sehen, es reicht, wenn ich merke, falls wir in die Tiefe abstürzen. In Gedanken erfinde ich kurzerhand ein fliegendes Auto. Vor meinem geistigen Auge sehe ich, wie diesem Wagen Flügel wachsen … Wie Pegasus fliegen wir in meinen Tagträumen. Das beste Mittel gegen meine Phobien ist zu träumen.

Ich verkneife mir jedes Wort. Am liebsten möchte ich den Pkw verlassen, schaffe es aber nicht. Mein Partner redet auf mich ein.

»Sei kein Frosch, da passiert doch nichts.«

Ja, er hat gut lachen. Er leidet nicht unter diesen panikartigen Angstzuständen.

Unser Chauffeur gibt nicht auf und zeigt ungeahnte Fahrkünste. Eine zirkusreife Vorstellung.

Ein Stück zurück hat man eine provisorische Brücke angelegt. Kurzerhand zusammengebastelt, nachdem die Vorherige im Abgrund zerschellte. Es ist Wahnsinn, diesen Steg zu benützen. Nur knapp einen Wagen breit, weder links noch rechts wird auf Sicherheit geachtet. Die Bretter sind marode und riesige Spalten klaffen zwischen den Holzbrettern.

Ich sehe in diese abgrundtiefe Schlucht. Vor Schreck kann ich mich nicht mehr rühren. Versteinert sitze ich da und klammere mich an den Haltegriffen der Wagentür fest.

Leicht durchhängend ist diese ›Brücke‹ und sie schwankt, als der Fahrer seinen Wagen auf diesen Steg lenkt.

»Es ist nicht tief«, meint mein Mann lachend zu mir auf der Rückbank. »Wenn wir abstürzen, dann alle oder keiner.«

›Was für eine Aufmunterung, danke Schatz‹, denke ich im Stillen. Ein Glück für meinen Liebsten, dass ich mich vor lauter Anspannung weder regen noch antworten kann.

Unbeschadet gelangen wir nach langen und bangen Minuten am anderen Ende des Steges. Was für ein Wunder, wie mir scheint. Ich darf unter keinen Umständen daran denken, dass wir denselben Weg auch wieder zurück müssen.

Die Fahrt führt hoch in die Berge. Da wohnt doch bestimmt niemand. Vor meinem geistigen Auge sehe ich die Geier über uns kreisen. Stecken mitten in der Wildnis fest und keiner würde uns hier oben vermuten.

Diese Horrorgeschichte nimmt alle meine Gedanken ein. Überfallen, ausgeraubt, angeschossen und in einer Grube hier oben in den Bergen entsorgt. Aasgeier, die an unseren Körpern picken. Ich werfe alle meine negativen Gedanken über Board.

Ab und an steht am Wegesrand eine windschiefe Holzhütte. Ich sehe nackte, spielende Kinder, Hühner, Schweine, Frauen mit ihren großen, bunten Wicklern in den Haaren. Klar, Freitag ist der Schönmach-Tag. Beauty day, Día Belleza, auf Insulanisch?

Darauf folgt kilometerlange Einöde, einfach nichts. Einsamkeit und Natur pur. Ein Dorf in dieser Wildnis? Nirgends sehen wir Strommasten, Kabel, geschweige denn Menschen. Weder Schulen, noch sonstige gemauerte Häuser, weit und breit nichts.

Langsam frage ich mich, ›Wo bringt uns dieser Mann hin? Wird hier auf dieser Insel noch Kannibalismus angewendet? Verspeisen uns demnächst die Einwohner? Sind wir das Festmahl für den Ältesten? Oder werden wir gar ausgeraubt und verscharrt?‹ Die schlimmsten Gedanken, und Bilder stelle ich mir gerade vor.

Doch nach geraumer Zeit und einigen weiteren Kilometern auf der Schotterpiste staunen mein Partner und ich gleichzeitig. Mehr und mehr Hütten reihen sich aneinander dicht an der ›Straße‹. Immer nahe am Geschehen der Landstraße sitzen sie zusammen, pflegen einander die Haare oder tauschen Neuigkeiten aus. Zeitung und Radio auf dominikanisch?

Schulkinder kommen uns lachend, strahlend und glücklich entgegen. Die Schule erkennen wir kurz darauf. Ein einfaches Gebäude, dem etwas Farbe bitter nötig täten. Einige Meter entfernter ist etwas zu hören. Dort muss das Dorf, der Dorfkern zu finden sein.

»So, angekommen. Bei meinem Cousin kann ich das Fahrzeug parken«, erklärt uns der Fahrer.

Durchgerüttelt, geschüttelt, aber nicht gerührt, verlassen wir das Gefährt, mit leicht steifen Knochen, wie wir zwei bemerken. Man wird eben nicht jünger. So ist das Leben.

Farbige Bänder aus Papierstreifen, die von den Kindern und Jugendlichen gebastelt wurden zur Dekoration für den Ältesten, dem Jubilar. Die ganze Ortschaft ist geschmückt. Reste von Plastiktüten zurechtgeschnitten und um die Bäume gewickelt. Ein buntes Treiben, friedlich und schön zugleich. Die emsigen Leute tragen klapperige Stühle, Tische und Bänke zusammen. Wussten die Personen Bescheid, dass wir auf Einladung kommen? Erwarten sie uns?

Unverhofft bleibt der Fahrer stehen, guckt uns schüchtern an. Möchte er uns etwas sagen? Verhalten wir uns falsch? Werden wir nun verspeist?

»Darf ich Euch beide, als meine Freunde vorstellen? Gerne mit meiner Familie, den Verwandten und Freunden bekannt machen? Einverstanden? Ich heiße Santos«, endet er.

»Sicher doch, kein Problem. Mich nennt man Elena. Mein Mann heißt hier auf der Insel Julio, da sein wirklicher Name kaum auszusprechen ist.« Wir strecken ihm unsere Hände hin. Was sofort geändert wird von Santos in eine innige Umarmung. Etwas perplex -, eher überrascht lassen wir diese Umarmung zu. Als Gäste in diesem Ort.

Santos greift sich den Arm von meinem Partner, zieht ihn stolz weiter bis zu einer winzigen Hütte aus morschem Holz. Ein Zinn Dach, leicht durchlöchert wie ein Schweizer Käse, schützt vor dem gröbsten Regen.

»Kommt, tretet ein, das ist mein zu Hause«, öffnet Santos die verwitterte Tür. Schon kommen Kinder, fünf an der Zahl, angerannt.

»Papa, Papa«, fallen die Kleinen wie Kletten über den Mann her. Eine schmächtige Frau, die vom Körperbau und dem Alter gar nicht zu Santos passt, erscheint aus einem dunklen Winkel des Hauses. Dort ist anscheinend die Küche, wenn man es so sagen kann. Eine Feuerstelle, primitiv in einer Ecke auf dem Boden. Die Frau muss eine sehr gute Köchin sein. Es riecht köstlich.

Der Rauch in der Holzhütte ist für uns gewöhnungsbedürftig. Ruß an den Wänden verfärben die morschen Holzlatten schwarz. Stickig ist die Luft. Der Qualm verhindert die Sicht und brennt in unseren Augen. Ich stelle es mir nicht einfach vor, an dieser Kochstelle zu kochen, auf den Knien muss die

Frau in den Töpfen rühren. Unvorstellbar in der Schweiz so kochen zu müssen.

Santos stellt uns allen vor. Wir werden herzlich aufgenommen. Sofort erhalten wir Getränke, werden gefragt, wie es uns geht. Umarmt, gedrückt von den Bewohnern. Die Kinder klettern an unseren Beinen hoch. Lachend schieben sie uns in dem winzigen Haus hin und her.

Santos strahlt. Wir erkennen den Mann nicht wieder. Nun spricht er ein Machtwort und die Kinder ziehen sich sofort zurück.

»Ich möchte Elena und Julio mit den anderen Einwohnern bekannt machen. Danach treffen wir uns alle auf dem Dorfplatz, beim Ältesten und feiern den Geburtstag.« Rasch schiebt er uns zur Tür.

Aus einigen Hütten, Häuser und Unterständen riecht es verdächtig gut nach leckerem Essen.

»Jeder«, erklärt uns Santos, »trägt etwas zur Festlichkeit bei. Die einen kochen, andere backen, einige basteln, jeder hilft jedem. Alles wird gesammelt. Kinder bemalen Flaschen, die man an den Sträuchern und Bäumen befestigt. Mit den einfachsten Mitteln wird das Fest zu einem unvergesslichen Moment. Hier in diesem Dorf ist das noch alles urtümlich. Noch nie zuvor hat ein Tourist uns besucht, Ihr gehört zu den Ersten. Stolz dürft Ihr euch schätzen. Ihr werdet sehen, die Einwohner akzeptieren Euch sofort. Ihr strahlt so eine offene Art eine Herzlichkeit aus, dass Ihr bei uns direkt integriert werdet.«

Das Örtchen ist klein und direkt an der Straße entlang gebaut. Um zum Dorfplatz zu gelangen, muss man vorbei an verschieden bunten Holzhäusern. Rosa, hellblau, gelb, selten auch vereinzelt gemauerte Bauwerke. Diese stehen etwas abseits. Andere Gebäude begann man, mit Mauersteinen zu bauen. Das Geld hat wohl nicht gereicht, also wurde mit Nutzholz aufgestockt. Blech-Zinn dient als Dach.

Wenn ich bloß ein besseres Namensgedächtnis besäße. Sämtliche Personen aus Santos Verwandtschaft stellt er uns sofort vor. Überall lädt man uns ein, etwas zu trinken. Santos Familie ist immens, zu groß, als dass wir zwei Alten uns die Namen aller merken können.

Laute Musik ertönt vom Dorfplatz her. Typisch dominikanische Musik mit rhythmischen Klängen, welche zum Teil auf ganz primitiven Instrumenten gespielt wird. Santos drängt uns, damit wir beim Ältesten erscheinen, bevor der riesige Menschenandrang den Platz füllt. Das Gastgeschenk ist immer noch im Auto von Santos.

Rasch begibt sich mein Partner mit Santos zurück zum Taxi und holt unser mitgebrachtes Geschenk. Die Blumen lassen leicht ihre Köpfchen hängen. Die

Hitze im Taxi war nicht gut für den Transport der Blumen.

Gerade noch rechtzeitig treffen die beiden wieder bei mir ein. Aufgehalten habe ich mich etwas Abseits im Hintergrund. Normalerweise bin ich gar nicht schüchtern, doch an dieser Stelle, allein?

Der Jubilar betritt den Dorfplatz, begleitet von den Musikanten und gestützt von seiner Gemahlin. Gut sieht er aus. Das hohe Alter erkennt man aus der Ferne nicht. Santos bahnt sich einen Weg, uns fest an den Händen haltend und hinter sich herziehend, durch die Menge. Wir stehen direkt vor dem Gefeierten. Wir sehen das faltige Gesicht. Die dunkeln Augen umringt von Lachfältchen, zeugen von einem glücklichen, erfüllten Leben. Zahlreiche winzige Kerben deuten auf sein beachtliches Alter hin und umranden den schmalen Mund. Die dunkelbraunen Augen, immer noch klar und glänzend. Ein Gesicht, das so viel Wärme und Sympathie ausstrahlt. Das einst füllige jedoch mit den Lebensjahren schüttere schwarz-graue und gekrauste Haar umrundet das Angesicht. Ein stattlicher Mann muss er in jungen Jahren gewesen sein. Neugierig blickt der Älteste uns an.

Santos stellt uns dem Jubilar vor. »Señor, das sind meine Freunde, Julio und Elena«.

»Es ist uns eine große Ehre, mit Ihnen feiern zu dürfen, Señor«, stammle ich leise mit dem ›Etwas‹ an Spanisch dem Ältesten zu. Ein Spanisch, das ich bei den Einheimischen aufgeschnappt habe.

Seine Mundwinkel bewegen sich, die Augen blinzeln, dann lacht er los.

»Wie ist es nur möglich? Weiße zeigen Interesse für einen alternden Dominikaner? Fügung Gottes? Hat der Himmel Sie zu mir geschickt? Danke, dass Sie beide meinen Geburtstag mitfeiern möchten. Gringos, die sich zu uns in die Berge verirrten«, lacht er pausenlos.

Es ist an der Zeit, das Gastgeschenk in die faltigen Hände des Mannes zu legen. Wie er darauf reagiert? Erst drückt er meinen Partner an sich. Bei mir drückt er so richtig zu, dass es mir die Luft zum Atmen raubt. Das der Herr über eine solche Kraft verfügt. Nie und nimmer hätte ich ihm das zugetraut. Mit Vergnügen nimmt er den Rum, die Zigarren und packt alles schnell weg. Das Moringa gibt er der Ehefrau in die Hände.

»Hier meine Liebe, du kannst deine köstlichen Speisen damit würzen oder für uns einen Tee kochen, wenn es kälter wird.«

Zwei - dreimal, klatscht er in die Hände.

»Es ist Zeit mit der Feier zu beginnen. Esst, trinkt, tanzt, feiert, lasst es Euch gut gehen.«

Wie auf Kommando erscheinen aus den hintersten Winkeln Frauen, Männer und Kinder. Jedermann schwer beladen mit dampfenden Töpfen, Pfannen und Schüsseln. Ein emsiges Hin und Her beginnt. So, als hätte jemand wild in einem großen Ameisenhaufen herumgestochert. Die Köstlichkeiten stellt man auf Tische und Bänke. Viel zu wenige Tische gibt es, also wird schnell improvisiert. Mauern mit Plastik abdecken, um die übrigen Mahlzeiten darauf zu drapieren. Bananenblätter dienen als Teller.

›Wo ein Wille ist, ist auch ein Weg‹, denke ich für mich. So unkompliziert leben diese Menschen in den Bergen.

Ein solch farbenfrohes und friedliches Fest. Noch nie zuvor haben wir so etwas Schönes erlebt. Alleine die bunten Bänder, die an Häusern, Bäumen und Sträuchern befestigt sind. Die bemalten PET-Flaschen, deren Farben im Licht der Sonne glänzen. Die Musikanten in ihren farbigen Gewändern. Die Tanzgruppe, die sich nun dazu gesellt in ihren prachtvollen Kostümen. Man erklärt uns, dass alle in mühevoller Handarbeit selbst genäht und angefertigt wurden. Monatelange Arbeit, Zeit, die einige Frauen investiert haben. Jedes der Kleider ein Unikat, ein Kunstwerk, das eine Auszeichnung verdient. Allesamt in den Farben der Landesfahne der Dominikanischen Republik. Rot, blau, weiß. Rüschen verzieren die weiten Röcke der Tänzerinnen. Gespielt wird Merengue Musik, Salsa und Bachata. Das Temperament im Blut von Jung und Alt kocht.

Liebend gerne möchte ich diese Stimmung einfangen. Fotos knipsen, doch ist das erlaubt?

»Santos, was denkst du, dürfen wir Aufnahmen machen? Ich möchte diesen Moment, diese Atmosphäre, dieses grandiose Fest auf Bildern festhalten«, frage ich unseren neuen Freund.

Dieser eilt zum Geburtstagjubilar. Kurz darauf erscheint er lachend wieder.

»Er, der Gefeierte ist einverstanden. Mit der Bedingung, ein Andenken zu erhalten. Wir möchten doch so freundlich sein, den Ältesten mit Frau und allen Kindern abzulichten.« Mehrere Bilder haben wir geknipst und neue Freunde gefunden.

Eine Herzlichkeit wurde uns zu Teil von Leuten, die wir noch nie zuvor sahen. Zuerst trauen wir uns überhaupt nicht zu essen, denn wissen wir doch, dass die Menschen hier selbst für ihr Überleben täglich kämpfen müssen. Die Mahlzeit abzulehnen, wäre jedoch eine unverzeihliche Unhöflichkeit.

Geringe Mengen nehmen wir zu uns. Ein komisches Gefühl, mit den Menschen ihr spärliches Essen zu teilen.

Wir haben gegessen, getanzt und uns amüsiert in Massen. Eines ist sicher, bei unserem nächsten Trip in die Berge, bringen wir einen großen Sack Reis mit.

Lange sitzen wir noch gemeinsam beisammen. Die Rumflasche wird herumgereicht. Sie dreht ihre Runden, wandert von Mund zu Mund. Von einem zum anderen, jeder genehmigt sich einen Schluck. Aus einer Flasche, die eine Gallone Inhalt fasst. Wir jedoch bleiben bei Wasser oder Limonade, was auch akzeptiert wird. Es werden Geschichten erzählt, wie es uns Santos versprochen hat.

Sagen? Mythen? Legenden? Erzählungen, die vor Jahrzehnten der Großvater den Enkeln überbrachte.

Die zweiköpfige Schlange zum Beispiel, die bei bösen Menschen erscheint, jene mit Haut und Haaren verschluckt. Personen, die für immer unauffindbar verschwinden. Viele sahen jene Schlange. Können den Umfang, deren Länge und die Größe beschreiben. Sie fertigten Zeichnungen an von der Schlange mit den zwei Köpfen. Sie, die sich auf Bäumen versteckt und wartet, bis die bösen Menschen heimkehren. Ein Reptil wurde gefangen, getötet. In einer Klinik in Santo Domingo als Schauobjekt für die Gesamtheit zugänglich ausgestellt.

Kaum vorstellbar. Ist es nur die Fantasie? Oder ist es ein Fabelwesen? Existiert das Ding überhaupt noch? Kann es sein, dass einige den Film ›Jurassic

Park› gesehen haben? Wollen wir nächste Woche die Klinik aufsuchen und uns von der Bestie überzeugen? Denke, eher nicht. Wir lassen alle in dem Glauben, dass es solcherart Monster auf dieser Insel gibt. Mir darf nur um Gottes willen, nie ein solches Vieh begegnen.

Weiter erzählt man uns von den Vögeln. Die einen erzählen, es seien schwarze Vögel, die anderen berichten, es seien Tauben, doch ansonsten ist die Geschichte identisch.

Die schwarzen Vögel, die sich in den Gärten der Häuser niederlassen, ein Zeichen, dass der Tod bald eine Person zu sich holt. Sobald eine gewisse Anzahl jener Papageienähnlichen düsteren Tiere, sich auf dem Grundstück ansiedeln und es wieder verlassen bedeutet das nichts Gutes. Die stark gekrümmten Schnäbel, die im Sonnenlicht um die Wette glänzen. Das Federkleid pechschwarz, je nach Lichteinfall dunkelblau schimmernd. Krächzende Laute tönen durch die Landschaft. Streithähne, die Artgenossen unmöglich duldeten.

So erzählt man uns, warum man diese Vögel auf der Insel nicht gern sah.

Eine Geschichte? Sage? Wahrheit?

In unserem Garten leben einige dieser Papageienartigen wunderschönen Vögel. Ich sehe ihnen gerne zu, wenn sie sich in den Baumkronen niederlassen. Höre ihnen zu, wenn sie miteinander kommunizieren, streiten, diskutieren. Doch mein Partner liebt dieses Federvieh nicht, denn sie hinterlassen ihren Kot auf der Poolumrandung und auf dem Weg zum Schwimmbad. Reinigt man(n) diese Fäkalien nicht sofort, brennt sich der Unrat regelrecht ein. Mein Mann verscheucht sie und ich locke sie, wenn mein Mann nicht zuschaut. Hinterrücks nennen wir Schweizer das. Auch Tauben verirren sich und landen auf unserer Terrasse.

Erzählt wird uns auch die Geschichte der Eidechsen. Wehe, wenn eine Echse ein junges Mädchen, eine Frau oder Jungfer anspringt. Ein schlechtes Zeichen für die einen, ein freudiges Ereignis für die anderen. Je nach Sichtweise. Landen diese auf dem Bauch einer Frau, Jungfrau oder eines Mädchens, heißt das, sie wird demnächst schwanger. Eine ungewöhnliche Empfängnis denke ich mir.

Weiter erzählt man uns die Geschichte der Schmetterlinge. So auch die Sage von glücklichen Menschen.

Flattern viele Schmetterlinge um deren Garten oder um das Haus, bedeutet das Glück. Zufriedenheit. Ein behütetes Haus, in dem man lebt.

Etliche Stunden verweilen wir inmitten der Dorfbewohner. Ich notiere mir die Legenden und Geschichten, die uns erzählt werden.

Erschöpft, glücklich und um einige Erfahrungen reicher, verabschieden wir uns von den Bewohnern. Das Versprechen nimmt man uns ab, sie bald wieder zu besuchen. Dem Dorfältesten müssen wir zusagen, die geknipsten Fotos persönlich vorbei zu bringen.

Mit den Worten: »Es ist an der Zeit, dass ich das Feld räume. Ich spüre, dass meine Tage gezählt sind. Bitte beeilt Euch. Bringt mir ein Stück Erinnerung, ein Andenken für meine Familie.« Er drückt uns und verschwindet rasch in eines der Häuser.

Santos führt uns zum Wagen, lässt uns einsteigen und fährt los. Erst ist er noch ganz still. Jedoch, einige Zeit später, als wir durch die Berge fahren, richtet er diese Worte an uns:

»Freunde sind wie Sterne. Du kannst sie nicht immer sehen, aber du weißt, sie sind immer für dich da. Danke, dass ich euch beide kennenlernen durfte.« Tränen rinnen über die Wangen. Ich erkenne es im Rückspiegel. Ich schaue in das Gesicht des Mannes, den wir erst vor zwei Wochen per Zufall trafen. Der Fahrer, der mit seinem Fahrzeug vor der Pforte stand, ist uns ein treuer Kamerad.

Der Rest der Rückfahrt, inklusive jener besagten Holzbrücke, verläuft schweigend. Wir sind in Gedanken versunken, blicken aus den Fenstern und betrachten die wechselnde Gegend. Jeder ist still und in sich gekehrt. Denkt darüber nach, was geschehen ist.

Es ist reichlich spät, als wir an der Eingangspforte der Urbanisation ankommen. Wir verabschieden uns herzlich von Santos mit dem Wissen, dass er uns wieder in die Berge begleiten wird.

Wochen später. Unsere Tochter, Fabienne weilt bei uns in den Ferien. Sonnt sich bequem auf dem Liegestuhl. Ein Schrei ertönt, wir rennen zur jungen Dame, die über dreißig Jahre und überzeugter Single ist. ›Sie‹ sitzt da, grün, etwas scheu. Ihr Schwanz schlängelt hin und her. Am Hals schwillt ein Beutel in Orange an. Dieser Kamm erscheint, zeigt, dass das Tier Angst hat und unsicher ist. Unbeweglich liegt unsere Tochter auf der Sonnenliege. Die kleine Echse wagt kaum einen Schritt. Sie haftet still auf dem von der Sonne erhitzen Bauch von Fabienne. Wir sehen das Desaster, lachen und spotten.

»Liebe Fabienne, jetzt ist es so weit. Schwanger wirst du nach Hause reisen. Ruf uns an, wenn dein Bäuchlein anschwillt.«

Verdutzt schaut uns Fabienne an. Wir erzählen ihr die Geschichte erst Stunden später. Soll sie nur noch etwas an der Sonne braten. Grübeln wird sie, wenn wir ›Glück‹ haben, nimmt sie uns die Geschichte für bare Münze ab …

Zauberhafter El Limon

Ich las vor gefühlten Jahrzehnten in einem Reiseportal/Reiseführer:

»Geführte Tour zu dem spektakulären Wasserfall El Limon. Ausgangspunkt ist das kleine von ›Künstlern‹ beliebte Dorf Las Terrenas.

Der Ausflug wird für die Besucher wohl eher an eine Expedition erinnern. Diese Kaskaden muss man sich doch zuerst verdienen ... sei es zu Fuß oder auf dem Rücken eines Pferdes/Muli ...

Für Pferd und Reiter geht es bergauf über schmale Pfade mitten durch den Regenwald. Sicherlich werden Sie unterwegs die einheimische Fauna und Flora kennenlernen. Den Fluss durchquert man, indem Dorfbewohner baden. Nach guten fünfzig Minuten hat man das Ziel vor Augen. Man sieht den Gipfel des Berges mit einer Höhe von 360 Metern. Dort erhalten Sie ein Getränk, und Sie können den herrlichen Panoramablick auf den Regenwald und den Ozean genießen.

Nach kurzer Rast geht es dann nur noch bergab, doch ohne Pferd.

Alleine der Anblick dieses Wasserfalls ist atemberaubend. Das Wasser schießt aus 40 Metern in die Tiefe.

Man badet danach im lauwarmen, glasklaren Wasser inmitten des Dschungels. Einige mutige Dominikaner springen von dieser Höhe in die Tiefe. Einige verstecken sich in den kleinen Grotten hinter der Gischt.

Nach zwei Stunden in denen Sie sich entspannen, baden oder gar sonnen können, kehren alle zurück nach Las Terrenas.«

Ich zeige den Artikel aus einem Reiseführer meinem Partner.

Er meint sofort: »Hört sich doch sehr vielversprechend an, aber in einer Gruppe? Das schaffen wir zwei auch alleine.«

Wir treffen die nötigen Vorbereitungen. Ich suche die Straßenkarte, die ich mir vor Jahren gekauft habe, heraus. Seinerzeit, mit dem Mietauto munter auf dem Eiland herum kurvte. Niemals losgefahren bin, ohne die Landkarte.

Ich durchstöbere das Haus, mit dem Wissen, irgendwo ist die Landkarte versteckt. Es gibt kein Möbelstück, das ich nicht unter die Lupe nehme. Mir geht ein Licht auf, klar, im Gästezimmer, in der Kommode wird sich die Karte finden. Für jeweilige Gäste, damit sie die Insel alleine erkunden können. Ich öffne die dritte Schublade der Anrichte und siehe da, hier liegt der Fundus. Zusammengefaltet, die Ecken leicht zerfressen. Vorsichtig hebe ich das Teil hoch und setze mich damit an den großen Tisch. Das Ausfalten ebendieses lädierten Papiers ist umständlich. Stückweise löst sich die Landkarte in Einzelteile auf und zerfällt. Ein wenig Klebeband muss her.

Zuviel darf ich nicht mit Zellophan flicken. Das Zusammenfalten in die ursprüngliche Form lässt mich schier verzweifeln. Dort an den geklebten Stellen ist die Landkarte kaum zu bändigen. Sperrig, wie, um Himmels willen, ist die Original-Faltung? Wer kennt das nicht? Kauft sich ein Arzneimittel, liest den Beipackzettel, doch wie zum Teufel faltet man diesen so, dass er abermals in die Verpackung passt? Ich falte, was das Zeug hergibt, sodass die Karte in meine Tasche passt. Ohne diese fahren wir nicht los.

Unsere ›Perle‹ Esther übernimmt wie immer den Part als Hundesitter.

Vieles wird eingepackt: Getränke, Kühlbox, Mückenspray, Medikamente, einige Klamotten, Turnschuhe, sowie Badehosen. Per Internet buchen wir ein geeignetes Hotel, damit wir die Strapazen nicht an einem Tag durchziehen müssen. Was sowieso unmöglich gewesen wäre.

Wir entscheiden uns für das Hotel El Portillo in Las Terrenas. Ich kenne dieses Resort aus früheren Reisen auf die Insel. Es wird unseren Ansprüchen mehr als genügen. Luxus pur.

Alles wird erledigt.

Zwei Tage später begeben wir uns auf das große Abenteuer.

Ab nach Las Terrenas

Frühmorgens klingelt der Wecker. Ein Geräusch, das ich am liebsten jeden Tag überhören möchte. Unausgeschlafen folge ich dem Geruch vom Kaffee, der aus der Küche dringt. In Begleitung der drei Hunde stolpere ich mehr oder weniger mit halb geschlossenen Augen zur Tür. Ab mit den Vierbeinern in den Garten. Mein Lebenspartner und ich genehmigen uns erst einmal einige Tassen des starken schwarzen Getränks. Vorher werde ich nicht wach. Meine Lebensgeister erwachen erst nach der vierten Tasse.

Schon werde ich gedrängt.

»Mach hinne, es wird Zeit. Der Weg ist weit. Besser wir fahren jetzt, dann können wir den Berufsverkehr umgehen.«

Noch finster und kühl ist es so früh am Morgen. Die Sonne wird sich erst in einer Stunde langsam am Horizont zeigen. Wir verstauen die Taschen auf der Rückbank. Unsere Hunde folgen nur widerwillig dem Befehl.

»Ab mit euch ins Haus. Schön brav bleiben, Esther ist bald da«.

Klar sträuben die sich, liebend gerne möchten die Vierbeiner uns begleiten. Das gäbe ein Spaß, die Hundebande im Luxus-Hotel?

Meine bessere Hälfte steigt in den Pick-up, nimmt auf dem Fahrersitz Platz. Ich erklimme mühsam den Beifahrerplatz, die Handtasche umgeschnallt.

Wunderschön ist die Insel so kurz vor dem Erwachen. Nur wenige Fahrzeuge befahren zu dieser Zeit die Straße. Mit meinen Gedanken bin ich bei den Haustieren, bei Esther. Sie schafft es, denn sie hat die Vierbeiner im Griff, weiß über alles Bescheid und trotzdem plagt mich mein schlechtes Gewissen. Seit wir auf der Insel leben, haben wir Haus und Hunde noch nie tagelang alleine gelassen. Ich bin eben Hundemami mit allen meinen Sinnen. Übertrieben? Vielleicht.

Die Fahrt der Nordküste entlang ist reich an Abwechslung. Bauernhöfe wechseln sich mit Villen ab.

Vorausahnend kam mir am Tag zuvor die Idee, den Ausgangsort sowie den Zielort auf der Karte zu markieren. Die ungefähre Richtung aus seinerzeitigen Reisen ist mir noch schwach in Erinnerung. Dachte ich zumindest.

Wer mich länger kennt, der weiß es. Ich bin bekanntlich eine sehr schlechte Beifahrerin. Ebenso eine katastrophale Straßenkartenleserin.

So ist vorauszusehen, was alles geschehen kann. Jeder müsste bei mir eine eidesstattliche Erklärung unterschreiben, wenn ICH in einen Wagen steige, mitfahre und die Karte lese.

Grüne Wiesen, Palmen und ein prächtiger Blick auf die Bergkette. Die Sonne hat ihren Zenit erreicht, brennt mit der ganzen Stärke auf das Blech vom Pickup. Es wird heiß und das von Stunde zu Stunde mehr.

Kühe und Ziegenherden, die urplötzlich mitten auf der Straße stehen. Ein gefährliches Unterfangen für die Autofahrer.

Abwechslungsreiche und atemberaubende Landschaftsbilder. Die Route führt kurz am Meer vorbei. Tosend, schäumend, kracht die Gischt an die steile Felswand. Wir stoppen rasch, um uns dieses Schauspiel aus der Nähe zu betrachten.

Unglaublich, mit welcher gewaltiger Kraft das Wasser am steinigen Felssturz zerschellt. Diese Plattform, eingetragen auf der Karte als Rastplatz? Keinen Meter entfernt wurde ein Schild platziert.

In Großschrift steht in drei Sprachen geschrieben: ›Betreten auf eigene Gefahr.‹

Jeder wird darauf vorbereitet: ›Vorsicht, Absturzgefahr.‹

Wir sehen sofort, warum. Stein um Stein bricht ab und stürzen mit Wucht in die Tiefe. Wagemutige Personen, die des Lesens nicht fähig sind, treten so nah an den Abgrund, dass ich wegschauen muss. Ich erinnere mich nur schwach, dass genau diese Straße früher um einiges breiter war. Nichts wie weg von hier.

Die Fahrt geht weiter Richtung Nagua, das schaffen wir, dank meiner Inselkenntnissen aus vorangegangen Zeiten, mit Ach und Krach.

Ich versuche, umständlich auf dem engen Beifahrersitz die Landkarte der Insel auseinander zu falten. Es scheint mir unmöglich. Die Autoscheiben sind leicht geöffnet, damit die frische Brise das Innere des Wagens etwas abkühlt. Ich hantiere mit dieser Karte herum, immer mit Bedacht, die Sicht des Fahrers nicht zu beeinträchtigen. Der Luftzug erledigt den Rest. Das ausgefaltete Teil flattert im Wind.

Mein Gatte flucht.

»Nimm diese dumme Karte von meinen Augen. Du versperrst mir mit dem Unding die Sicht auf die Fahrbahn.« Er zerrt an der beschädigten, mittlerweile vergammelten Insellandkarte.

Die Karte zeigt eine Verzweigung der Straße. Welche Fahrtrichtung? Ich drehe, wende und schlage meinem Gatten das Papier wohl, ohne es zu merken, um die Ohren. Je nachdem, wie ich die Straßenkarte in meinen Fingern halte, zeigt mir die Abzweigung eine andere Richtung an. Ich kann die Straßenkarte biegen und drehen, wie ich möchte, ich erkenne den richtigen Weg nicht.

Für welche Route soll ich mich entscheiden? Rechts? Links? So treffe ich die Entscheidung nach meinem Bauchgefühl. Leider die falsche Entscheidung, die ich getroffen habe. Zugeben? Handeln? Erklären? Fragen? Nein. Entschließen muss ich mich, ohne, dass mein Partner merkt, dass ich keinerlei Ahnung besitze. Die Straße endet nach kurzer Strecke auf einem Feldweg. Abstecher ins Grüne nenne ich meine Fehlentscheidung.

»Du, Schatz«, versuche ich langsam den Partner vorzubereiten. »Was denkst du, welchen Weg wir befahren müssen«, drücke ich ihm die Karte in die Männerhände.

Mein Freund, leicht grantig, bremst abrupt.

»Du, Schatzi, steigst jetzt aus. Stellst dich mittig auf den Weg. Falls jemals ein Mensch vorbei kommt, wenn das in dieser Einöde der Fall ist, dann erkundigst DU dich nach dem Weg«, grummelt er mich an.

Ausharren unter der karibischen Sonne. Nein, ich schwitze überhaupt nicht. Was an mir heruntertropft, ist kein Schweiß. Nein, ich werde auch nicht sauer, eher wütend über mich selbst. Ich rühre mich nicht von der Stelle. Geduld ist nicht wirklich meine Stärke. So hüpfe ich unruhig von einem Fuß auf den anderen. Doch innerlich sieht es ganz anders aus. Leise fluche ich vor mich hin.

»Trottel, ich. Unfähiges Weibsbild Blödes.«

Endlich ein ›Auto‹, das HALTE ich auf. Mitten auf dem Weg stehend, winke ich dem Fahrer zu. Sicher sieht er mich, ist ja sonst keiner anwesend auf dieser Piste. Das Wichtigste kommt jetzt. Wie um Himmelswillen stelle ich dem anhaltenden, dominikanischen Fahrer die Frage, dass ER, MICH versteht?

»Erklären Sie mir bitte, wo geht es zur Hauptstraße, Richtung Las Terrenas?« Das spärliche Spanisch reicht aus. Freundlich zeigt der Mann meinem Partner den Weg. Der Typ dachte, es sei besser, die Straße dem Fahrer zu zeigen, als der Frau.

Wir haben uns verfahren, das gebe ich zu. Nur noch dreimal finde ich den Weg nicht. Ganz akzeptabel, wie ich finde. Für den nächsten Ausflug kaufe ich mir einen Globus, den ich dann auf die Ablage vor dem Beifahrersitz montiere.

Las Terrenas ist nach langer Sucherei gefunden, eine Superleistung, ich klopfe mir selber auf die Schulter. Sonst lobt mich ja niemand.

Wir fragen uns durch, wo das Hotel El Portillo zu finden ist. Ein netter Motorradfahrer gibt uns die Auskunft, bietet sogar an, es uns zu zeigen. Das spart Zeit, jedoch kein Geld. Wir stimmen trotzdem zu, denn wir sind beide verschwitzt, hungrig, müde und genervt. Dass wir überhaupt ein Zimmer für nur eine Nacht beziehen dürfen, ist ein Glückstreffer.

Mit einem Cool-Drink werden wir freundlich im Hotel empfangen. Später dürfen wir an der Rezeption die Infos abholen.

Wir erhalten Unterlagen diverser Ausflüge, darunter der Wasserfall El Limon.

»Bei der Gruppe, die morgen früh startet, sind noch genau zwei Plätze frei«, will man uns ködern. Ohne mit der Wimper zu zucken, meint mein Freund zu der Empfangsdame.

»Für Morgen steht unser Programm schon fest, danke trotzdem, dass Sie an uns gedacht haben«.

Die Dame teilt uns die Frühstückszeiten mit.

»Das Zimmer muss bis zwölf Uhr mittags geräumt, verlassen und der Schlüssel abgeben werden«.

Endlich bekommen wir den Zimmerschlüssel, begleitet vom Pagen, damit wir uns in der großen Anlage nicht verlaufen. Vorbei geht es am lockenden Schwimmbad, dass wir nach dem Bezug des Zimmers gerne noch in Anspruch nehmen. Das kühle Nass wird uns beiden gut tun. Die Nerven beruhigen, den Stress der Fahrt vergessen lassen …

Das Gemach verfügt über ein breites Bett, Klimaanlage und einem Ausblick, den wir liebend gerne länger genießen möchten. Auf der Bettdecke sorgfältig zu Schwänen gefaltete Frotteetücher. Ein großzügiges Badezimmer mit genügend Platz für zwei Personen. Die Duschkabine aus Glas, sodass wir beide zusammen Wasser sparen können.

Nach dem ausgiebigen Bad im Pool und einem leckeren Essen ziehen wir uns auf unser Zimmer zurück.

Müde sind wir, gehen zur Ruh, schließen …

Zum El Limon

Frühmorgens weckt uns die Sonne, die ihre Strahlen mitten auf unsere Gesichter verteilt. Herrlich warm wird es einem, die Kraft der Sonne auf dem Körper zu spüren. Dieser Ausblick, wenn man vom Bett aus, das Meer im Morgenlicht glitzern sieht, ist einfach himmlisch. Ich möchte am liebsten liegen bleiben, genießen und träumen.

»Rasch, rasch, unter die Dusche«, hetzt mich mein Gatte. Schnell holt er meine Wenigkeit zurück in die Realität.

»Zum Frühstück fassen«, heitert er mich auf. Ausgeträumt, jedoch nicht ausgeruht, verlasse ich schlecht gelaunt, die Schlafstatt. Wir gehen zur Rezeption unsere Rechnung bezahlen, Schlüssel abgeben und nix wie weg.

Mir drückt man wie gehabt, diese ach so übersichtliche Straßenkarte in die Hände. Dieses Mal schaue ich diese genauer an, entdecke unsere Reiseroute auf der Karte. Und fungiere meinerseits als Beifahrer.

»Schatz, unternehmen wir eine Bergrallye? Weshalb oder warum rast du nur so?«, wende ich mich an meinen Mann. Dabei versuche ich, ihm den ungefähren Weg zu weisen. Nur mein Partner erfährt wieder nicht, dass wir umherirren. Zumindest dachte ich das.

»Wir bewegen uns im Kreis, da sind wir bereits durchgefahren, bist du dir sicher, dass besagte Richtung, die ist, die wir suchen?«

›Es kreisen noch keine Aasgeier über unseren Köpfen‹, denke ich mir. Besser jemanden fragen? Ich? Nachgeben, zugeben, wie unfähig ich bin? Nie im Leben ...

Ganz langsam steigt bei mir ein Gefühl hoch. ›Wirst du alt, Ellen?‹

Als ich vor zahlreichen Jahren hierzulande die Region durchreiste, sah alles ganz anders aus. Die Zeit ist nicht stehen geblieben. Diese Veränderungen erkenne ich nun auch. Die Gegend zeigt sich von einer ganz anderen Seite, ob ich sie deswegen nicht mehr wiedererkenne? Am allerliebsten möchte ich die Straßenkarte irgendwo an einer Straße ›aussetzen‹. Urplötzlich sehe ich auf der Landkarte ein Datum. Gedruckt 1995? Ich starre auf das, was ich da lese, stupse kurz meinen Mann an.

»Guck einmal. Die ist ja antik, diese Wegbeschreibung.«

Wohlverstanden leben im Jahr 2013. Also kann ich mich so einigermaßen herausreden.

Auf gar keinen Fall ist das alleine mein Fehler, dass wir uns öfters verfahrenen haben. Bei der nächsten

Gelegenheit - einem Haus oder eher Hütte, unterbrechen wir die Fahrt. Weitere zehn Minuten später erblicken wir ein hellgrünes Holzhaus. Ich verlasse den Wagen, und beginne zu rufen.

»Hola es alguien en casa«? [Hallo ist jemand zu Hause.]

Ein alter, schmächtiger, ausgemergelter Mann tritt in gebückter Haltung aus der Hütte. Dunkle Augen starren mich traurig an.

Kaum getraue ich mich, ihm eine Frage zu stellen. »Puede darme la carretera en dirección a describir El Limon«? [Können Sie mir bitte den Weg in Richtung El Limon erklären?]

Der Mann teilt mir lachend mit: »Usted está en el camino correcto, la lluvia ayudó a su costumbre, que será un poco difícil. Pero los coches pasan por aquí cada día con los turistas. Siempre derecho a usted verá el resto y el estacionamiento desde lejos. «[Das ist der richtige Weg, der Regen hat dazu beigetragen, dass es etwas holperig wird. In der Hauptsaison fahren täglich Autos mit Touristen durch. Sie müssen nur immer geradeaus, dann sehen Sie von Weitem den Parkplatz.]

Wir bedanken uns herzlich, bitten ihn noch kurz zu bleiben. Für den Fall der Fälle sind wir immer vorbereitet. Auf der Rückbank lagern wir gebrauchte Kleider. Man kann ja nie voraussehen, wem man damit eine Freude bereiten kann. Sofort stellen wir einige Teile zusammen, die jenen Mann bestimmt von der Statur her, passen. Wir überreichen dem freundlichen Helfer die Kleider. Der traut sich kaum, die Anziehsachen an sich zu nehmen. Strahlende Augen leuchten uns an und die Mundwinkel formen sich zu einem Lächeln.

Wie so oft hatten wir den richtigen Riecher, denn mit Geld ist nicht immer zu helfen, das ist unsere Einstellung.

Wir sind vom Weg abgekommen. Auf eine Strecke, die einem ausgetrockneten Flussbett gleicht. Die tiefen Löcher erschweren die Fahrt. Große Gesteinsbrocken und Wurzeln liegen quer über dem Weg und machen eine Weiterfahrt unmöglich. Also steigen wir aus und packen an, oder? Die Seilwinde erhält hier ihren ersten Einsatz zur Freude meines Gatten. Endlich kann er zeigen, was in seinem Pick-up alles steckt. Ein pures Abenteuer. Ein Ausflug, der sich in jedes Gedächtnis einbrennt. Dreck, Schmutz, Hitze und das feuchte Klima sorgen für Schwerstarbeit für Mann und Fahrzeug.

Ich als Frau erteile das Kommando: »Ziehen, los zieh.« Das habe ich drauf ...

Die Fahrt dauert lange, dreißig Minuten werden wir durchgeschüttelt, bis wir am ersten Ziel ankommen. Immer wieder treffen wir auf Kinder, die kaum bekleidet sind und die vor uns versuchen den ›Weg‹ etwas aus zu ebnen. Mit Sand, Steinen und mit ihren kleinen Händen, füllen sie die Löcher und Gruben auf. Klar können wir nicht anders, als auch ihnen Kleider zu schenken. Diese dunkeln Kulleraugen, die wir mit den spärlichen Habseligkeiten zum Leuchten bringen.

Endlich, die erste Etappe ist geschafft. Ein junger Typ kommt, um uns einzuweisen, an welcher Stelle wir den Wagen parken können. Es werden noch einige Busse erwartet. Nach der Einweisung führt er uns zu einer Art Anmeldung. Dort werden wir erst einmal abkassiert und das nicht zu knapp. Jeder kann sich ›sein‹ Maultier für den Aufstieg aussuchen. Das deutsch-dominikanische Abenteuer ›Dschungel-Camp‹ kann beginnen …

Der Dschungel-Aufstieg

Da stehen wir nun und müssen uns für ein Pferd, als Fortbewegungsmittel, entscheiden.

Typisch, da stehe ich mir wieder einmal selbst im Weg, ich mit meinem Trotzkopf.

»Ich setze mich auf keinen Fall auf einen solch erbärmlichen und ausgemergelten Maulesel.«

»Der Weg ist anstrengend, steil und sehr weit. Zu Fuß zu gehen, das dauert Stunden«, klärt uns der Tour-Guide auf.

Es bleibt uns keine andere Wahl, wie den Fußmarsch schwerfällig in Angriff zu nehmen.

»Sie gehören bei Weitem nicht zu den Einzigen heute, die den Berg erklimmen möchten. Er, der Chef der Truppe und die Begleiter mit den Maultieren kraxeln diesen Weg mehrmals täglich hinauf und wieder hinunter. Es sei mittlerweile Zeit, es eilt«, fordert uns der Tour-Guide auf.

Heißt das, dass wir den Betrieb aufhalten? Schon wollen die Burschen losmarschieren, als ich einschreite, mein Mann und meine Wenigkeit besprühen uns schnell und intensiv mit Anti-Mückenspray.

Beide spüren wir die Blicke der wartenden drei Männer. Die Maultiere werden mit unseren Badetaschen beladen. So tragen wir nur die kleinen

Umhängetaschen mit dem besagten Spray für unterwegs, Kamera und die Zigaretten, denn die dürfen nicht fehlen.

Die Männer ziehen in einem Tempo los, dass uns ›alten Säcken‹ echt Mühe bereitet, ihnen zu folgen. Schmale Pfade umschlossen von Dschungel, Farnen, riesigen Bäumen und Pflanzen, die wir noch nie zuvor gesehen haben. Je weiter wir in die ›Wildnis‹ eintreten, desto dicker wird die Luft zum Atmen. Kein Wind, keine Brise spürt man, nur der Geruch von feuchtem moosartigen Grün liegt in der Luft. Die stickig ist, gleichwohl empfinden wir den Geruch als angenehm würzig. Heiß, schwül und drückend fühlt sich die Atemluft an. Die Schweißperlen fließen mir aus allen Poren, nicht nur auf den Armen. Niemals zuvor habe ich darüber nachgedacht, dass ein Mensch derart viele Poren besitzt. Bäche rinnen vom Kopf bis zum Fuß den Rücken hinunter, netzen mich bis auf die unterste Kleidungsschicht.

Jetzt erst sehe ich, dass die Tour-Führer ohne Schuhe den beschwerlichen Weg bewältigen. Ab und zu stoppt der Leiter, um Pflanzen oder Tiere zu erläutern, die sich im Dickicht des Urwaldes verstecken. Wilde Orchideen, die sich als Parasiten hoch oben in den Baumkronen niederließen. Netze, die trichterähnlich kunstvoll in Büschen verankert sind und das kleine Spinnentier zum Beutefang anfertigt hat.

Schlangen bemerken wir, die sich rasch im Unterholz schlängelnd davon winden. Andere um ein Baumgeäst gewickelt, schlafen, beobachten und warten ab.

Die Truppe setzt sich wieder in Bewegung, immerfort in einem Tempo, als seien Verfolger hinter uns her.

Ab und zu, wenn es mir zu schnell vorangeht, rufe ich dem Tour-Guide zu: »Bitte gehen Sie etwas langsamer, denn wir gehören zu der älteren Generation.«

»Die ›Pferde‹ stehen Ihnen zur Verfügung, wenn Sie den Pfad zu Fuß nicht schaffen. Aufsitzen, dann ist der Aufstieg auch für die alten Leute sehr viel bequemer.«

Das sitzt. Jetzt erst recht nicht. Nicht im Entferntesten denke ich daran, mich auf einen Muli zu setzen. Wenn es mich noch so große Mühe kostet, ich bleibe stur, Punkt. Ganz ehrlich, das Mitleid für diese Tiere quält mich. Lieber laufe ich und lasse die Maultiere die leichten Taschen tragen. Unser gesamtes Körpergewicht verteilt auf den Rücken der zwei Maultiere? Die uns den schwärzlichen Weg empor transportieren sollen? Das Ziel wohl nicht erlangen, bevor sie zusammenklappen.

Er, mein Lebenspartner, schon immer eher von korpulenter Statur auf dem Rücken eines Tieres? Für die unterernährten Maulesel finde ich diesen steinigen, rutschigen Weg schon reine Tierquälerei. Nun sollen wir noch auf deren Rückgrat? Im Leben nicht.

Der Marathonlauf nimmt seinen Gang. Immer wieder wird eine kurze Pause eingelegt, trotz der Erschöpfung wollen wir partout nicht auf das Rauchen verzichten. Reichlich Fotos werden geknipst und schnell eine Kleinigkeit getrunken. Irgendwie sehe ich vermutlich komisch aus. Der Leiter der Gruppe tritt auf mich zu.

»Alles in Ordnung mit Ihnen, Mama?«

›Klar ist alles in Ordnung, ich unternehme doch täglich eine solche Wanderung. Warum nimmt der Leiter sich heraus, mich MAMA zu nennen? Ich bin keinesfalls seine Mutter. Eine Frechheit‹, denke ich mir und bin verletzt in meinem Selbstbewusstsein. Das es hier üblich ist, ältere Frauen ›Mama zu nennen‹, war mir bis anhin, nicht bewusst.

Mein Mann klärt mich umgehend auf, sodass ich ein knallrotes Gesicht zur Schau trage. Wohlverstanden, nicht von der Sonne verbrannt. Die Sonnenstrahlen dürfen nur die Baumwipfel genießen, hier unten ist es feucht, tropisch bis sehr tropisch. Der zügige Marsch, die Anstrengung, dieser Pfad, die Hindernisse, die es zu überwinden gibt, fordern uns sehr. Durch Bäche waten, einander festhalten, da ich öfters ausrutsche auf dem moosbelegten Weg. Eine glitschige Angelegenheit meint mein Mann. Es ist für uns beide eine körperliche Kraftanstrengung, ich bin zu stolz, es mir oder uns einzugestehen. Zu jederzeit stehen die Huftiere bereit, aber aufsitzen? Nein! Schwerfällig setzen wir den Anstieg fort.

Nur eine kurze Frage muss ich dennoch loswerden: »Wie lange dauert der Aufstieg noch? Es kommt mir vor, als marschieren, klettern und rutschen wir den ganzen Morgen schon.«

Geduldig antwortet mir der Leiter.

»So weit ist es nicht mehr bis zur Zwischenstation. Wir kommen dort in ungefähr einer Stunde an. Jedoch ist es sinnvoll dieses Tempo beizuhalten.«

Urplötzlich sitzt ›SIE‹ direkt vor mir. Glotzt mich an. Wie angewurzelt bleibe ich stehen. Ich kann mich nicht mehr rühren und starre nur auf ›SIE‹. Schock, Panik. Alle Alarmsignale in meinem Körper melden sich gleichzeitig. Keiner bemerkt, dass ich im Programm fehle. Sie laufen ohne mich weiter.

›Ausgesetzt im Dschungel‹, denke ich für mich. ›Wenn ich Glück habe, kommt nun Tarzan, an einer Liane hängend, vorbei und rettet mich.

Ich höre, wie man nach mir ruft, doch ich kann keine Antwort geben. Hat ›SIE‹ sich bewegt? ›SIE‹ guckt, stellt ihre Haare auf, bleckt ihre Zangen am Maul. Haarige Beine, die in gebogener Form von ›IHREM‹ Korpus abstehen. Groß, wie eine riesige Männerhand ist ›SIE‹. Was soll ich unternehmen?

Bewege ich mich gelassen an dem für mich ekelhaften Tier vorbei? Springt ›ES‹ mich an? Keinen Fuß kann ich vor den anderen setzen.

Endlich, mein Mann kommt auf mich zu.

»Wir dachten schon, es sei dir etwas zugestoßen. Warum antwortest du nicht? Komm, der Tour-Guide möchte vorwärts, ansonsten wird es viel zu spät.«

Vor Angst erstarrt schaue ich zu Boden. Ein eiskalter Schauer schüttelt mich, Ekel macht sich breit. Mein Bauch rebelliert. Jetzt müsste ich dringend mal ...

Aber ich rühre mich keinen Millimeter, als mein Partner ›ES‹ sieht.

»Super. Klasse. Toll. Wieso schießt du denn kein Foto von dieser Tarantel? Da bekommst du die einmalige Gelegenheit, das Bild des Monats zu knipsen. Und was machst du?«

›Geht es noch gut? Kennt er mich so wenig?‹ Panik, Angst und Ekel nimmt Besitz von mir. Unfähig zu denken oder zu handeln. Dabei denkt man nicht im Traum daran, den Fotoapparat zur Hand zu nehmen, auf den Auslöser zu drücken und Serienbilder zu schießen. Zusammen, das heißt ich von Weitem, schauen wir nun zu, dass ›ES‹ den Weg verlässt. Für meine Wenigkeit Platz schafft. Doch mit ein wenig Unterstützung vom Gatten führt ›ES‹ die Reise in den Dschungel fort.

Endlich fällt die Starrheit träge von mir. Wir setzen unseren Weg fort. Die Gruppenleiter sehen mich etwas verärgert an, als wir bei ihnen ankommen. Man fragt mich, was geschehen ist. Ich erzähle von der Tarantel, meiner Panik und die Männer beginnen zu lachen, witzeln über mich, was das Zeug hält. Ich bin verärgert.

»Wir durchqueren den Urwald, da leben nun mal solche Tiere.«

»Das ist mir alles bewusst. Doch das ›ICH‹ angefallen, überfallen und attackiert werde, an so etwas denkt doch keiner«, antworte ich patzig. »Kann ich ahnen, dass ›ES‹ sich mir in den Weg stellt? Den Weg versperrt oder gar mich angreifen will?«

Da hilft keinerlei Mückenspray, nur die Flucht, wenn Frau sich traut. Der Schock sitzt immer noch tief in den Knochen. Mein erster Gedanke: »Zurück nach Hause, nichts wie zurück.«

Doch das lässt keiner aus der Gruppe zu.

»Nun sind wir schon so weit gekommen, jetzt gehen wir den Rest des Weges auch weiter.«

Meilenweit entfernt sehen wir eine Lichtung. Es kommt mir vor, als treten wir aus einem Pflanzen-Tunnel ins Licht der Welt.

Die Sonne scheint. Die Lichtquelle empfinden wir als grell nach den vorherigen gedämpften Lichtverhältnissen. Ja, sie blendet richtiggehend in den

Augen. Die Luft einzuatmen fällt uns leichter, obwohl es drückend heiß, jedoch nicht mehr gar so schwül ist. Die Sonnenstrahlen brennen auf den erhitzen Arme. Schweißgebadet und mit feuchter Kleidung, die auf unserer schmutzigen Haut klebt, greifen sofort Moskitos an und stechen erbärmlich zu. Unerbittlich stechen die Biester zu, wo sie auch nur einen weißen Hautfleck finden. Jedes noch so kleine Stück nackte Haut wird prompt zerstochen. Nur bei uns, komischerweise, toben sie sich aus.

Die Düfte verändern sich schlagartig. Es riecht nach frischem, saftig grünem Gras. Schmetterlinge in Orange, Gelb oder farbig bunt, lassen sich auf Kakteen nieder, um Kraft zu tanken für den nächsten Flug. Große sowie kleine Vögel kreisen hoch am tiefblauen Himmel, an dem strahlend weiße watteähnliche Schäfchenwölkchen vorbeiziehen. Ich zücke die Kamera, um diesen Eindruck festzuhalten. Kitschig wirkt das dunkelblau gefärbte Firmament im Kontrast der flauschigen Gebilde, als seien diese aus Schaum geformt in Blütenweiß aufgemalt.

Der Leiter der Gruppe stört uns und zeigt in Richtung eines kleinen Hügels.

»Dort hinauf noch, dann ist die erste Etappe geschafft. Im Anschluss können Sie dann rasten, ausruhen und eine Limonade trinken. Den Rest der Strecke zum El Limon bleiben die ›Pferde‹ auf jenem

Rastplatz. Das letzte Stück kann man nur zu Fuß bewältigen, den Weg schaffen die Maultiere nicht.«

›Tolle Aussichten‹, denke ich. ›Wir müssen, die Huftiere nicht?‹

Wir setzen uns in Bewegung, es ist trotz allem sehr anstrengend, jedoch sieht man das Ziel, hat es bereits vor Augen, doch es kommt nicht näher. Einem Albtraum gleich denkt man, jetzt ist der Zielort nicht mehr weit, zack rutscht man bergab.

Abgelenkt werden wir durch die Vielfalt der Fauna und Flora. Einem unvorstellbaren Farbenspiel. Eine Belohnung, ein Geschenk der Naturpracht, für unsere Anstrengung.

Oben auf der Plattform angekommen, bietet sich ein atemberaubender Ausblick. Erst löschen wir den Durst, etwas trinken. Doch die kleinen Plastik-Flaschen, die wir erhalten, sind steinhart gefroren. Kein Tropfen vom Getränk rutscht aus der PET-Buddel. Toll, wenn man kurz vor dem Verdursten ist. Wir setzen uns auf die Holzbänke. Holzspießchen bohren sich durch die Shorts an meinen Oberschenkel.

›Verflucht noch mal, immer mir muss Derartiges geschehen.‹ Mein Freund und Helfer wuselt das Holzding heraus. Was mich nicht umbringt, macht mich stark. Oder so. Indianer kennen keinen Schmerz. Punkt.

Wir genießen den unglaublichen Blick zum Tal, auf das Meer und über die Baumwipfel, das Dach des Dschungels. Wir fühlen, spüren, dass wir dem Himmel um einiges näher gerückt sind. In die andere Richtung schauend, erblicken wir den El Limon. Die Haare, die Kleidung, alles ist durchnässt bis auf die Haut.

»Wenn die Tomaten, die ich mühsam in unserem Garten am Hegen und Pflegen bin, annähernd deine rote Gesichtsfarbe annehmen, sind die Morgen reif«, lacht mein Freund. »So, wie momentan dein Gesicht aussieht, warst du etliche Stunden zu lang an der Sonne«, grinst er weiter.

›Ich gebe es zu, bin es nicht gewohnt. Ich renne nicht täglich in einem Urwald die schmalen, glitschigen Wege hinauf, in einem Affenzahn, als wären Piraten hinter mir her‹, denke ich wütend.

Unsere Ausdünstung? Wir stinken nach Schweiß, sodass sogar die Mücken Reißaus nehmen.

Wir blicken uns an, danach schauen wir gemeinsam zur Strecke, die noch vor uns liegt. Gleichzeitig nicken wir.

»Wir sollten uns entschließen besser den Rückweg anzutreten, es ist schon spät. Bis wir den Berg hinunter ins Dorf, rutschen, laufen, klettern, ist es bereits am Eindunkeln. Die Fahrt bis zu uns nach Hause ist weit«, teile ich umgehend dem Tour-Guide mit. Der scheint erleichtert, ja, sogar glücklich zu sein, dass er die alten Knacker los wird. Unten im Örtchen warten sicherlich die nächsten Grünschnäbel, denen er ein Maultier und anderes Getier plus Wasserfall präsentieren kann. Selbstverständlich kehren wir genauso zurück, wie wir den Aufstieg bewerkstelligt haben. Zu Fuß, letztendlich wollten wir ja genau dieses Abenteuer.

Die Fahrt nach Hause? Die Knochen schmerzen, wir riechen nach keinem bekannten Deodorant - jeder Duft würde hier versagen. Wir müssen die Autoscheiben geöffnet halten. Erstens, dass wir nicht an unserem eigenen Gestank ersticken, zweitens um einigermaßen wach zu bleiben und drittens um eventuell nach Hilfe schreien zu können.

Für die Schönheiten der Natur haben wir keine Augen mehr. Muskelkater, Mückenstiche, Sonnenbrand und die Aufregung des Tages liegen uns beiden schwer in den Gliedern. Reden mag keiner mehr von uns. Die Kühltasche hat die Kühlung aufgeben, die Getränke kochen fast. Wer hat schon einmal eine über fünfunddreißig Grad warme Cola, egal welcher Marke, genossen? Es schäumt, sprudelt und versaut die sonst schon schmuddelige und nasse Kleidung. Es ist einfach nicht mehr trinkbar. Ein kurzer Stopp bei einer Bodega, etwas Kühles zu trinken einkaufen und weiter geht die Fahrt. Wir möchten beide nur noch eines: ›Raus aus den Klamotten. Duschen und dann?‹ Beine hochlegen und entspannen.

Nach sehr langen Stunden treffen wir spät abends, todmüde und irgendwie überreizt in unserem Heim ein. Froh gestimmt diesen Ausflug, das Experiment ›Jungle-Camp‹, Urwald und Dschungel-Exkursion auf eigene Faust geschafft und überlebt zu haben. Viel gesehen, erlebt, erschöpft, verschwitzt und glücklich. Eine Expedition, die sogar Indiana Jones würdig ist! Wahre Worte.

Nur unsere Hunde möchten nicht begreifen, warum Frauchen und Herrchen keine Lust mehr auf ein Spiel im Garten haben ...

Müllabfuhr auf der Insel

Damals, als wir den Entschluss gefasst haben, dass wir die Schweiz verlassen, bekam ich nicht die Erlaubnis, meinen Wagen mitzunehmen.

Wohlverstanden, keine Rostlaube, sondern supergepflegt, ein Einzelstück per Direkteinfuhr aus Kanada. Jedoch, eben schon zehn Jahre alt und gebraucht. Zu antik für die Insel.

Heute, wenn wir sehen, was hier auf den Straßen sich alles Auto nennen darf, bekomme ich einen Lachanfall. Zugleich packt mich eine Wut, denn ich ›liebte‹ meinen Jeep. Jetzt erkenne ich, was hierzulande so herumkurven darf. Was wir hier oft auf den Straßen sehen, könnte sehr gut aus einem Museum stammen.

Wir sitzen in ›unserem‹ Straßencafé und schlürfen den morgendlichen, leckeren Cappuccino.

Unterhalten können wir uns kaum. Wenn, dann nur in einer enorm lauten Aussprache, sodass alle anderen Gäste an unserer Unterhaltung teilhaben können. Die vorbeifahrenden ›Fahrzeuge‹ veranstalten gehörigen Lärm. Nicht nur Krach, nein, auch Qualm, Rauch und allerlei andere Gerüche werden uns zuteil.

Geräuschkulisse kann man das in keinster Weise mehr nennen, trotzdem lieben wir diesen Ort.

Bietet er uns bei schönem Wetter so viel Urtümliches und Kuriositäten. Das muss man gesehen haben. Schmunzeln, lachen oder verzweifeln ob der Gleichgültigkeit der Leute, die nicht ahnen, in welche Gefahr sie sich bringen.

Die Strommasten aus Holz waren mit herunterhängenden Kabeln übersät. Die sehen aus, als hätte jemand Kabelspaghetti an den Holzstämmen montiert. Transformatoren, die ohne ersichtlichen Grund, urplötzlich detonieren.

Man ist niemals vor einer Explosion sicher, ein Reifen, der platzt, der einem um die Ohren fliegen kann. Spannender, als jeder Krimi.

Doch immer wieder zieht es uns genau hier hin, um herauszufinden, was für ›NEUE‹ Modelle an Klapperkisten vorbeirollen.

In diesem Augenblick hält direkt gegenüber ›dieser‹ eine ›Wagen‹. Der Transporter der privaten Müllabfuhr.

Ich beginne zuerst mal mit der Beschreibung der Luxusführerkabine. Der Sitz, auf dem der Fahrer, ein fülliger Dominikaner hockt, erhöht auf einem ehemals weißen Kunststoffstuhl. Diesen fand der Fahrer wohl eines Tages am Straßenrand im Müll. Sofort umfunktioniert und eingebaut. Ein Fahrersitz der Marke Eigenbau.

Auf dem lädierten Beifahrerstuhl platziert, ein Kanister, gefüllt mit Diesel. Aus ebendiesem Kanister führt ein Schlauch durch die fehlende Windschutzscheibe direkt zum Motor.

Der Fahrer hat eine glühende Zigarre zwischen den Lippen. Die mittlerweile gelb gefärbten einzelnen Zähne beißen fest auf der ›Gohiba‹ Zigarre herum.

Friedlich pafft er vor sich hin. Er ist sich keiner Gefahr bewusst. Der kalte nebelartige Qualm umhüllt den Kopf des Fahrers. Da der ›Wagen‹ momentan parkt, ist es im Inneren völlig windstill, so sitzt der Gute im Nebel verhüllt.

›Irgendwann gibt es da einen Knall‹, denke ich mir.

Die mitfahrenden Begleiter verrichten ihre Arbeit. Alles, was am Straßenrand liegt, wird auf das Vehikel geworfen. Die Tür zur Fahrerkabine hängt in Schräglage, mit Seilen provisorisch an einem verrosteten Wagenteil befestigt. Überfüllt muss diese rostige Kiste die Last tragen. Mein Mann meint trocken.

»Guck ein tiefergelegter Sport-Lastwagen.«

Der Mülltransporter fährt schwerfällig, mit Schwerkraft nach links, zum nächsten Müllberg. Eine solche Schräglage, dass die eine Seite des ›Lkws‹ die Straße berührt. Das hört man auch an dem kratzenden Geräusch, bei dem man Zahnschmerzen bekommen kann.

Jetzt sehen wir das Dilemma. Die Reifen ohne Profil, blank wie ein Kinderpopo. Schlängelnd und wackelig bewegen sich jene hin und her. Jeden Moment könnte sich ein Rad lösen, den Wagen rollend überholen.

›Eben dieses Fahrzeug kommt zweimal wöchentlich zu uns, hält direkt vor dem Einfamilienhaus. Unser Müll wird dann abgeholt, immerfort ist es das gleiche Bild. Zu Hause gucke ich mir den Fahrer einmal genauer an. Den glühenden Zigarillo erneut eingeklemmt zwischen den Beißerchen. Doch, was blinkt und glänzt da im Mund des Müllmannes? Ein Goldzahn schmückt die sonst so spärlichen Zähne. Muss der Mann ja so einiges an Pesos mit dem Hausmüll verdienen. Gleichwohl jammern, das kann er regelmäßig. Wie schlecht die Zeiten im Moment seien. Ich frage ihn, was man nicht machen sollte, wie alt er sei. Staune, staune.

»Sechsundsiebzig Jahre«, antwortet er.

Täglich führe er den Laster. Das, derweil seitdem er sechzehn Jahre war.‹

Wir nuckeln weiter an unserem Cappuccino, sehen immer wieder andere Kunstmodelle. Welchen Einfallsreichtum die Leute hier besitzen, ist wirklich grandios. Liebend gern möchte ich mir ein solches Gefährt ausleihen, um damit einen Tag in der Schweiz herumzukurven.

Da hier öfters oder sagen wir fortdauernd gehupt wird, kommen diese Geräusche zum Motorenlärm hinzu. In der Schweiz käme ich wohl nicht sehr weit, wenn ich den Fahrstil dieses Landes anwenden würde. Reizen tut es mich schon und in Gedanken spiele ich solcherart Szenen durch.

Ich erzähle meine Gedankengänge meinem Mann. Wir diskutieren, lachen und beobachten weiter den Verkehr.

Typisches Inselfeeling. Ein Alltag, wie er hierzulande üblich ist.

Es wird Zeit, die Rechnung zu bezahlen. Genug für heute vom Smog, Rauch und Qualm. Der Morgen ist schon weit fortgeschritten. Einkaufen steht für heute auch noch auf dem Tagesprogramm. Wir verlassen unser ›Kino‹ in Richtung des nächsten Supermarktes.

Tage später hört man ihn vorfahren.

Unser Müllmann ›Noel‹, immer pünktlich, immer lächelnd. Wohin er den Unrat bringt? Auf eine Müllhalde, auf der die allerärmsten Menschen leben. Leben vom Sammeln, was doch noch irgendwie zu gebrauchen ist ...

Einkaufen in der Touristenhochburg

Nachdem wir die Rechnung vom Café beglichen haben, setzen wir uns umgehend in den Wagen.

Wir fahren los, quer mitten durch das belebte Städtchen, das immer wieder durch die unmögliche Verkehrsregelung auffällt. Gestern hat man diese Straße als eine Einbahnstraße passiert, heute mit Gegenverkehr.

Wie durch Zauberhand ist die Regelung über Nacht verändert worden. Bemerkenswert sind die zahlreichen Sträßchen mit ihren Erhebungen zur Verkehrsberuhigung. Vor allem ›spannend‹, wenn die Neureichen mit ihren tiefergelegten Sportkarren über diese Buckel rasen, dabei die Bodenhaftung verlieren und mit einem krachenden Geräusch etwas weiter entfernt landen. Die Fahrer steigen aus und starten einen Kontrollgang mit Kennerblick um den lädierten Wagen. Ein Schauspiel, bei dem ich mich jedes Mal köstlich amüsiere. Schadenfreude ist doch … oder wie heißt es?

Mofaführer, die ohne Wenn und Aber, so nah an uns vorbeidonnern, dass mir oft angst und bange wird. Wenn da einer stürzt, denn die Fahrer sitzen meist nur in Jeans oder kurzen Hosen, T-Shirt und Helmlos auf den Motorrädern.

Fahrschule? Selten hat hier ein Fahrer jemals eine Fahrschule besucht. Wie auch, da die Mehrheit der Einheimischen nicht lesen kann.

Unterwegs legen wir einen Zwischenstopp ein. Zuerst müssen wir die Bank aufsuchen, damit wir den Großeinkauf durchführen können. Das ist schnell erledigt, also geht es weiter.

Vorbei fahren wir an unterschiedlichen Bars, Restaurants, Shops, Souvenirständen, Boutiquen, die alle ihre Waren anbieten. Touristen schlendern nur in Badehosen bekleidet das Sträßchen auf der Suche nach einem Souvenir und Mitbringsel rauf und runter. Natürlich hat jeder der Shopbetreiber genau heute das Beste und günstigste im Angebot. Es wird gefeilscht und gejammert, was das Zeug hält.

Ab und zu setzen wir uns in eine kleine Bar in der Nähe, um dem Treiben hier zu zusehen. Wir sitzen in jener Bar und für uns beginnt das Länderratespiel. Es bereitet uns Spaß, anhand des Auftretens der Feriengäste, zu erraten, aus welchem Land diese stammen könnten. Doch heute müssen wir weiter und haben keine Zeit.

Der Supermarkt ist neueren Datums. Man bekommt fast alles, was das Herz begehrt. Das sah vor Jahren noch ganz anders aus. Doch heute erhält man auch internationale Angebote.

Wir finden den letzten, etwas schattigen Parkplatz. Sofort kommt der Sicherheitsmann Sandro angerannt. Wie immer bereit für ein kurzes gemeinsames Schwätzchen. Es wird über die Familie, die Gesundheit und dem Wetter geplaudert. Dann folgt die nicht endende Umarmung. Die Verabschiedung heute mit den Worten: »Gott sei Dank, es geht euch gut.«

Das Geschäft ist sauber, modern und ähnelt einem Supermarkt in der Schweiz auf dem Lande. Es ist zurzeit noch das Einzige, in dem man ohne Bedenken Fleisch kaufen kann.

Ein Konkurrenz-Selbstbedienungsgeschäft ist im Bau. Das belebt das Geschäftsleben und wird die Preise auf einem einigermaßen normalen Niveau halten.

Die Einkaufsliste in der Hand und los geht es, diese abzuarbeiten.

Nahrungsmittel brauchen Mensch und Tier. Was bleibt uns anderes, als in diesem Geschäft die Besorgungen zu tätigen?

Es ist verständlich, dass wir uns nicht allein im Laden aufhalten. Ein gemischtes Völkchen, das sich hier Lebensmittel, Getränke, vergessene Sonnenmilch oder Sonstiges einkauft.

Ach, was bekommen wir da alles zu sehen! Da stolziert sie auf ihren dünnen, wohlgeformten Beinchen in Schuhen, mit einem Absatz von zehn Zentimetern vor uns her. Stürzt sie, dann fällt sie tief bei den spitzen Hacken. Gertenschlank ist sie, man hört es fast klappern, wenn die Dame den Einkaufswagen vor sich herschiebt. Eine Figur, bei der auch ›Heidi Klum‹ neidische Blicke bekäme.

Lange, schwarze wunderschöne Haare fallen in den Ausschnitt, der den gesamten Rücken bis tief in Richtung Hinterteil, freilegt. Aufreizend deutet es die kleine Spalte an, die auf den wohlgeformten Popo hinweist. Männer, die verständlicherweise ihre Blicke nicht abwenden können, in eine Welt der Fantasie abtauchen, lechzen, gar sabbern. Die Ehefrauen wetzen derweil die Krallen.

Umschlossen ist ihr Luxus-Körper von einer zweiten Haut. Gut verpackt in ein enges viel zu kurzes rotes Stretch-Minikleid bedeckt es nur knapp ihr prall gefülltes Hinterteil.

Mit Bestimmtheit hat sie da nachgeholfen mit einem ›Arsch-Push-up‹ oder gar mit Silikon? Von Natur aus entstehen solche PO-Backen keinesfalls. So perfekt geformt unmöglich. Hat sie? Oder hat sie nicht an sich herumschnipseln lassen?

›Ein Prachtweib‹, wird sich mein Göttergatte neben mir denken.

Ich gucke ihn nur kurz an und bilde mir meine Meinung: ›Gucken ist erlaubt, doch gegessen, wird zu Hause.‹

Rot lackierte, lange Krallen an den schlanken Händen, umfassen mit festem Griff die Vorrichtung am
Einkaufswagen. Sie schiebt ihn elegant trippelnd vor
sich her ...

Wir überholen sie, riskieren einen kurzen Blick auf
diese ›Schönheit‹, mit den aufgespritzten Lippen und
fragen uns, womit ist dieser volle Kussmund wohl
aufgefüllt? Künstlich scheint auch ihre übergroße
Oberweite. Das die Dame nicht vorn hinüber kippt,
grenzt schon an ein Wunder. Spricht da der Neid aus
mir?

Mein Partner, erst ganz verzückt, dann jedoch
mäuschenstill, er schubst mich leicht an und flüstert
mir zu: »Ihr Adamsapfel verrät es! Sie ist ein Kerl,
keine Frau. So perfekt aufgemotzt, dass man(n) schon
zweimal gucken muss.«

Mit Bestimmtheit schleppt er/sie des Nachts in der
Bar einige Touristen ab. Solche, die nach üppigem
Bier oder Rumkonsum gar nicht erst begreifen, dass
es sich um einen Mann handelt. Angemacht, ange-
himmelt und total mit Alkohol abgefüllt, im
Anschluss daran abgeschleppt auf eines der billigen
Hotelzimmer und ausgenommen.

Am Morgen das böse Erwachen mit Kopfschmerzen und leerer Geldbörse. Blank, ausgeraubt, ohne
Moos nix los, der Pesos, bestohlen.

Wobei ich sagen muss, dass wir unter unseren Freunden auch einen Mann kennen, der im falschen Körper steckt. Wiederholt hat er vergebens nach einer Beschäftigung gesucht, jedoch gibt ihm niemand eine Chance, als Friseur zu arbeiten. Er versteht sein Handwerk sehr gut. Nun verdient er das Geld auf der Straße und in den Bars.

Wir setzen den Einkauf fort. Da sehen wir schon die nächsten Schönheiten. Es kann sich hierbei nur um Touristen handeln.

Er mit zart rosa Haut, wahrscheinlich war er den ersten Tag viel zu lange der extremen Sonne ausgesetzt. Ob die beiden der Freikörperkultur frönen? Sein nackter, haariger und runder Bierbauch hängt in der Tiefe über den Bade-Shorts. Von hinten bemerken wir, dass sein Bauch von einem Hosengurt gehalten wird. Erst beim Überholen erkennen wir, dass es eine Bauchtasche ist. Jene ziert den üppigen Hüftumfang, wobei man diese erst bei nochmaligem Hinschauen unter der Masse des Fleisches finden kann. Die Füße von dicken Wollstrümpfen umhüllt, stecken in Sandalen. Das Handgelenk ziert ein farbiges Band eines all-inklusive Hotels. In der einen Hand einen fetten Hamburger, den er sich wohl aus dem Hotel mitgebracht hat. Kauend und sabbernd blickt er mit Glupschaugen in die Fleischtheke.

Die Partnerin oder Gattin mit der fast identischen Figur einer Rubens-Frau hat denselben zartrosa Hauttyp und war ebenfalls viel zu lange in der Sonne. Wollten sich die beiden am ersten Ferientag die ganze Bräune von drei Wochen Urlaub einbrennen lassen? Wie Brathähnchen auf dem Grill, immer schön der Sonne entgegen drehen und wenden ...

Die blond gefärbten Haare am Strand von einer Dominikanerin zu Hunderten von ganz dünnen Zöpfen geflochten. Die Kopfhaut von der starken Sonnenglut bereits leicht verbrannt.

Sie zwängte sich am Morgen in ihren viel zu spärlichen Bikini, darüber ein Kleidchen, wenn man das noch so nennen kann. Der neueste Trend, ein grob gehäkeltes grünes ›Etwas‹ mit massenhaft Löchern. Jene lassen den Blick auf die nackte Haut zu. Luft und Sonne können leicht ihre Spuren hinterlassen. Die stämmigen Beine stecken in bequemen Gesundheitssandalen.

In der Hand eine kühle, gesüßte Limonade, mit der anderen schiebt sie den überfüllten Einkaufswagen vor sich her. Beim Überholen des Paares erblickt man den überhäuften Rollwagen. Die wohnen doch in einem Hotel? Dort erhält man von morgens sieben Uhr, bis nachts um dreiundzwanzig Uhr alles was das Herz begehrt, sogar gratis.

Nichts gegen mollige Personen, da ich selbst in keiner Weise die dünnste Figur besitze und mein Mann ebenso von eher korpulenter Statur ist. Doch man zieht sich für den Einkauf dann doch etwas bedeckter an. Schon allein aus Respekt den Einwohnern gegenüber, die manchmal nur das Nötigste zum Überleben haben.

Wir erledigen unseren Einkauf und fahren gemütlich nach Hause. Unterwegs beschließen wir, dass wir uns nichts kochen. Wir fahren zu ›Willson‹ und essen dort einen fangfrischen Fisch. Direkt am Süßwasserfluss, der ins weite Meer mündet. Irgendwie ist uns der Appetit auf Fleisch am heutigen Tag vergangen.

Gestärkt für den Tag danach …

Die Pilgerstätte (Saga, Kuriositäten)

La Virgen de la Piedra

Wir sind unterwegs in den Armenvierteln. Was wir dort tun? Wir verteilen Reis sowie gebrauchte Kleidung und Schuhe.

Dort spreche ich mit den älteren Leuten, die mir Ereignisse verraten, die nie ein Tourist zu hören bekommt. Das ist es, was ich hier so liebe. Das Vertrauen, das uns die Menschen entgegen bringen, ist überwältigend. Wir wissen so einiges über deren Familien, hören immer wieder von ihren Sorgen und Ängsten und sind geduldige Zuhörer.

Ein täglicher Überlebenskampf, den meine Generation nicht kennt. Ich weiß aber, dass meinen Eltern zu Kriegszeiten Ähnliches widerfahren ist und sie sehr fürs Leben gekämpft haben. Die Einheimischen auf der Insel mussten lernen, im Heute und Jetzt zu existieren. Was morgen ist, dass weiß nur der liebe Gott. Trotz Ihrer misslichen Lebenslage wird gesungen, gelacht und getanzt. Es mangelt ihnen an Dingen, die für uns selbstverständlich ist. Kleider, Schuhe, Essen und ein Dach über dem Kopf.

Oft frage ich sie: »Wie könnt ihr alle glücklich leben, lachen und feiern?«

Die Antwort: »Wir leben, die Sonne scheint, Gott sei Dank, wir leben.«

Als man mir von der Jungfrau erzählt, werde ich hellhörig. Eine Jungfrau, die heilen kann? Mein Partner findet solche Historien nicht spannend. Ich hingegen bin tatsächlich am Überlegen, möchte ich mich wirklich dahin begeben? Mir das Wunder anschauen? Ja, ich muss mir die Jungfrau anschauen.

So rufe ich tags darauf eine Freundin an, berichte ihr von dieser Jungfrau, die in Stein gehauen ist. Eine Statue ist es den Erzählungen nach. Sie wird nur erscheinen, wenn man daran glaubt. Wenn der Gottesglaube vorhanden ist.

Klar, sie möchte mit. Ich verabrede mich mit ihr für den kommenden Tag um neun Uhr in Sabaneta bei der großen Tankstelle. Dort, wo samstags und sonntags ausgiebig und laut gefeiert wird.

Mein Partner hütet an dem Tag Haus, Hunde und werkelt in der Garage herum. Er beschäftigt unseren Hilfsarbeiter, der die Gartenarbeit verrichtet, um sich so etwas Geld zu verdienen.

Ich genehmige mir die letzte Tasse Kaffee, schnappe mir die Kamera und meine zuvor gerichtete Tasche mit allerlei Kram, die eine Frau so mit sich führt. Ab zum Auto, das bereits am Vortag mit Benzin aufgetankt wurde. Schnell trete ich in die

Garage, um mich von meinem Gatten und dem Gärtner, den Rechen auf unserem Gelände spazieren führt, zu verabschieden. Nur nicht zu schnell arbeiten, sonst wird der junge Mann müde und kann abends nicht in der Diskothek abhängen.

Die Fahrt nach Sabaneta dauert ungefähr dreißig Minuten. Ich muss zuerst mitten durch Cabarete, das Surfer-Paradies. Vor allem junge Leute verbringen dort ihren Urlaub, um ausgiebig dem Wassersport zu frönen.

Das Städtchen mit nur einer Hauptstraße ist gesäumt von unzähligen kleinen Shops, Bars und Restaurants. Zigarren, Kleider, Kitsch und Krimskrams wird den Urlaubern dort aufgeschwatzt. Demzufolge herrscht das übliche Chaos. Links und rechts am Straßenrand geparkte Autos. Die Durchfahrt ist eng, sehr eng. Lastwagen bleiben vor den Geschäften stehen und erschweren ein rasches Vorwärtskommen. Das Überholen wird zu einer Kamikazefahrt. Autofahrer schreien von einem Auto zum anderen, hupen, bremsen und alles gleichzeitig. Es werden Bekannte getroffen, da kann ein kurzes Hallo nicht schaden. Das kurze Hallo dauert und dauert.

Fußgänger, die über die Fahrbahn springen. Das Übliche, wie man es hier auf der Insel überall antrifft.

Als ich gestresst und verschwitzt in Sabanete eintreffe, wartet meine Freundin bereits am verabredeten Ort.

»Am besten wird es sein, wir fragen den Tankstellen- oder Ladenbesitzer, ob wir einen Wagen hier gegen Entgelt stehen lassen können. Es macht keinen Sinn mit zwei Autos in Richtung Nagua zu düsen«, sprechen wir Frauen uns ab.

Der Geschäftsinhaber ist nicht anzutreffen, doch der Verkäufer freut sich genauso über einen kleinen Zustupf ...

So unternehme ich die Reise mit der Freundin in meinem Jeep. Im Gegensatz zu mir kann sie Straßenkarten lesen.

Frankreich hat Lourdes, hier ist es Cabrera.

»Auf der Straße zwischen Nagua und Carbrera liegt die Pilgerstätte der Jungfrau in Stein«, bekam ich im Armenviertel erklärt.

Auf der Fahrt tratschen wir beide über einiges. Vor allem ist jetzt das Thema ›Pilgerstätte‹ wichtig. Es erstaunt uns beide immer wieder, was man für Sonderheiten auf dem Eiland antrifft. Das man die Menschen hier so rasch mit solchen Requisiten überzeugen kann. Eine Jungfrau, deren Fähigkeiten doch sehr umstritten sind.

Die Fahrt bis nach Cabrera schaffen wir ohne weitere Zwischenfälle und vor allem ohne Schwierigkeiten. Der Verkehr ist gewöhnungsbedürftig. Vor allem, wenn man im Rückspiegel urplötzlich nur noch das Kühlergitter eines Monster-Lkws sichtet. Da kann man nur noch, falls es der Platz zulässt, am Straßenrand abwarten, bis das Ungeheuer vorübergedonnert ist.

Zwei Mal stoppen wir kurz, um Fotos von den Klippen zu knipsen. Die Gischt spritzt bis in unsere Gesichter, trotz der gefährlichen Tiefe, was eine willkommene Abkühlung bietet. Eine traumhafte Aussicht auf das dunkelblaue, schäumende Meer. Nach einer kurzen Rast geht die Fahrt weiter. Nagua findet sich rasch ...

Nicht zu übersehen ist die große Fleischerei. Mitten im Laden steht ein leuchtend, knallrotes Sofa aus Plüsch mit Rüschen, die Theke aus Holz, abgewetzt vom Schlachtbeil, das immerfort ganze Schweine zerteilt. Die einzelnen Fleischteile hängen für jeden gut sichtbar draußen in der prallen Sonne. Nur anhand der Fliegenschwärme erkennen wir, dass es die Dorfmetzgerei von Nagua sein muss.

Cabrera ist nah. Wir kommen ...

Wir finden nach einiger Sucherei die Zufahrt. Ein morsches, uraltes Holzschild mit dem Hinweis auf die Jungfrau ist zu erkennen. Es hängt schief an einer Palme und bewegt sich im Wind leicht hin und her, es schaukelt, weist uns dennoch den Weg.

Wir werden sofort als ›Gläubige‹-Weißhäutige in Empfang genommen. Ahnt der gute Mann, dass wir ihm genau jetzt und heute einen Besuch abstatten? Herzlich nimmt uns der ältere Herr in Empfang, denn alleine dürfen wir hier nichts auskundschaften.

»Nur in Begleitung«, erhebt der gesetzte Mann den Zeigefinger. Eine Warnung? Eine Vorahnung? Vorsehung?

Wir zwei Frauen, eigentlich gar nicht ängstlich, schauen uns nur kurz an. Meine Freundin hebt, wie es so ihre Art ist, eine Augenbraue an, blinzelt mir flüchtig zu.

»Komm schon, lynchen wird uns niemand.«

Der Mann beginnt, in einem rasanten Tempo, zu erzählen.

»Kranke, Unheilbare und Hilfesuchende pilgern immer wieder zu der Jungfrau. Ab und zu weint jene Jungfrau Blut. Seit der Antike erscheint in Cabrera, in dieser versteckten Höhle zwischen den Felsen eine wie in Stein gehauene Madonna.

Vor Jahrhunderten suchten Missionare die verschiedenen Inseln auf, um die Ureinwohner zu überzeugen. Die Ungläubigen, die nicht darauf vertrauten, dass es einen Gott gibt, umzustimmen. Missionare und Prediger, die die Einwohner zum Katholizismus zwangen oder überredeten.

Somit ist auch zur heutigen Zeit die Mehrheit der Bewohner sehr gläubig. Viele, die sich zur katholischen Religion bekennen, sagen, die Jungfrau in Cabrera ist ein Wunder.

Eine Art Lourdes in der Karibik, nennen die Besucher den heiligen Ort.«

So erzählte man mir diese Geschichte auch in den Armenvierteln.

Die Begleitperson führt uns mit den Worten weiter: »Jeden Tag pilgern Dutzende von Menschen aus dem gesamten Land, ja, der ganzen Welt, zu diesem Schrein der Madonna auf dem Stein. Im festen Glauben, dass diese Jungfrau alle heilen wird. Jeder, der an einer Krankheit leidet hätte schon des Öfteren die Pilgerstätte als geheilt verlassen. Personen, die zuvor an Krücken sich mühsam den Weg hoch begaben, liefen, ja rannten den Hügel hinunter.«

Der nette Herr, der uns die ganze Zeit hindurch begleitet und nicht aus den Augen lässt, erzählt uns davon.

›Jetzt übertreibt einer aber maßlos‹, denke ich mir. ›Will er uns überzeugen mit dem, was er uns erzählt. Ist es Wirklichkeit? Haben sich die Worte mit den Jahren so in seinem Gehirn abgespeichert, dass er selbst alles glaubt oder dichtet er bei jedem Besucher etwas dazu?‹ Meine Zweifel werden von meiner Freundin bestätigt.

Genauso, wenn jemand einen kleinen Fisch fängt und Monate später dieser Fisch dermaßen an Gewicht und Größe zugenommen hat. Jeder kennt doch sicherlich ein solches Vorkommnis?

Wenn Männer ihre Hände um die zwanzig Zentimeter auseinanderhalten, so groß war der Fisch. Am Stammtisch wird der Abstand der Pranken auf ungewöhnliche Weise, von zwanzig auf dreißig angehoben. Bluffer.

Rasch, eher hektisch atmet er die frische Luft ein. Seine Schnappatmung ist uns schon vor einer Stunde aufgefallen. Dauernd, pausenlos und ununterbrochen zu sprechen, ohne Atmen zu holen, muss anstrengend sein. Nun ist der Herr wieder in Form und fährt mit der Geschichte fort:

»Gelähmte, Krebskranke, Schwerkranke, die an Pest oder Cholera litten. Unheilbare verließen diese Stätte als geheilt.« Ständig wiederholt er die Fakten.

Denkt der Mann, wenn er die Worte zum wiederholten Male spricht, dass wir Frauen keine Zweifel mehr hegen? Da ich wohl etwas ungläubig dreinblicke, beschreibt er sofort weiter:

»Andere hingegen finden sich mit bescheidenen Zeichen ab. Dass eine Erkältung urplötzlich wie weggeblasen ist, man sich agil und putzmunter fühlt und man nicht mehr unter Fieber und Husten leidet. Alles ist auf die heilende Jungfrau zurückzuführen.«

Spüren wir etwas? Ich mustere meine Freundin, die ähnliche Gedanken hegt. Sie schaut an sich hinunter, als möchte sie mir sagen, also abgenommen, wie ich mir es mir gewünscht hätte, ist nicht eingetreten.

Gesund? Geheilt? Wünsche, die sich erfüllen? Ja, Glauben versetzt Berge.

Heilungen? Massen von Menschen glauben noch heute an dieses Phänomen.

»Auf jeden Fall macht sich scheinbar nach einem Besuch dieser Wallfahrtskirche eine innere Zufriedenheit bemerkbar«, teilt er uns mit.

Eine große Anzahl, vor allem das arme Volk, glaubt an solche Wunder. Müssen sie wohl, denn Geld für einen Arzt besitzen die Leute nicht. Beten und Gottesfurcht kosten nichts. Zumindest keine Banknoten, doch sehr viel Ausdauer. Aber und abermals, Tagtäglich dieselben Gebete sprechen, das wird ihnen auferlegt. Wie es in ihrer Bibel geschrieben steht.

Selbstheilung? Selbsthypnose? Wenn schlechthin durchaus nichts mehr hilft, dann hilft dir Gott. Worte, welche ich im Armenviertel oft höre.

Mühsam ertragen wir die weiteren Erklärungen von unserem Begleiter, denen wir zuhören müssen und die wir beide zum Teil nicht verstehen.

»Santuario Virgen de la Piedra, ein Ort der Meditation und Hingabe. Der Hoffnungen und der Bitten.

Die Jungfrau anflehen und auf ihre Hilfe hoffen. Die eigenen Wünsche der Jungfrau dar legen, im Glauben, dass nun alles gut ist oder wird. Dies symbolisiere die Liebe zur Jungfrau.« Während seiner Rede, schaut er uns an, als wolle er uns durchleuchten.

Anscheinend gucke ich erstaunt, denn meine Freundin stupst mich an. Wie er uns anblickt. Will er uns hypnotisieren, bearbeiten oder gar einer Hirnwäsche unterziehen? Auch meiner Verbündeten sehe ich die Gedanken an. Wohlfühlen kann man das nicht nennen. Sie zappelt unruhig von einem Fuß auf den anderen.

Mit tiefer Stimme fährt er mit der Legende fort:

»Wenn die Pilger langfristig genug bitten und beten, die Jungfrau immerfort anflehen, erscheint sie. Man sieht sie kaum und muss genau hinsehen, denn die Zeichen der Zeit hinterlassen ihre Spuren. Doch, so bald Gläubige die ›Kirche‹ betreten, erscheinen die Konturen stärker. Sie muss es fühlen, die Jungfrau«, erklärt der Mann.

»Versuchen Sie es, höchstwahrscheinlich erscheint Sie auch Ihnen beiden«, versucht der nette Herr uns zu überzeugen.

›Komisch‹, denke ich mir, ›die Statue steht doch dort auf einem Sockel.‹ Erscheint die Jungfrau noch woanders hier in der Kapelle? Das erscheint mir mehr als nur sonderbar.

›Wo sind wir hier nur gelandet? Zeugen einer anderen Religion? Jene, die in der Schweiz ab und zu vor der Haustüre standen, den Fuß rasch zwischen die Tür und Angel einklemmten?‹ Meine Gedanken lassen mich nicht so schnell wieder los.

Er hingegen lässt uns keine Verschnaufpause, der Mann erzählt einfach weiter.

»Um zu erreichen, dass die Jungfrau sich um die Gläubigen kümmert, die Pilger und deren Familien zu schützen, muss man glauben. Man kann sie auch um folgendes Bitten: Versöhnung mit einem geliebten Menschen.

Erfüllung von Wünschen, wie Bedürfnisse, Bilder, Bücher, Liebe und Gesundheit. Alles wird die Jungfrau jedem von uns bringen, wenn wir nur intensiv genug glauben.«

Erstaunt mich das, was ein Glaube anrichten kann? Sicherlich kann der Glaube Gutes tun, doch genauso kann ein Glaube auch das Gegenteil bewirken. Mir wird bei meinen Gedanken ›Angst und Bang‹, man kann mit der Macht der Sprache die Gedanken und Menschen lenken, egal in welche Richtung. Hirnwäsche möchte ich das nun nicht nennen ...

Vielerorts in denen nicht geschulte Menschen leben, jenen denen es versagt geblieben ist eine Schule zu absolvieren, die weder schreiben noch lesen können, kann man leicht manipulieren.

»Andere besuchen den Ort wegen der Quelle, deren Wasser wohl auch heilende Wirkungen nachgesagt wird«, berichtet der Begleiter.

»Unter dem Schrein der Virgin ist es zu finden, das köstliche Gut. Einwohner, Fremde, Pilger und Kranke suchen nach diesem Wasser, füllen es in mitgebrachten Flaschen ab, um das heilige Nass der vendita nach Hause zu bringen. Sie erzählen, dass dieses Quellwasser der vendita etwas Göttliches sei. Heilende Wirkung soll es haben«, versucht der Mann weiterhin unser Interesse zu wecken.

›Schaden wird es den Menschen mit Bestimmtheit nicht‹, denke ich mir. Trinken die Armen sonst das abgestandene Wasser aus Regentonnen. So ist oben genanntes Quell-Trinkwasser mit Sicherheit um vieles besser. Vor allem weniger gesundheitsschädigend.

»Nur an wenigen Teilen der Welt gibt es Orte, in dem ein Bildnis der Jungfrau Maria in einem Felsen erscheint. Vor Jahrzehnten wurde dieser Schrein schlecht gemacht«, erzählt der Herr.

»Dies ist vor allem auf die Vorgeschichte der Ureinwohner ›Taino‹ zurückzuführen. Tainos glaubten an ihre Naturgötter. Bevor die katholische Kirche die Einwohner zu dieser Glaubensrichtung überredeten und zu überzeugen versuchten. Mit der bösen Absicht, wie man sich erzählt, dass es sich lediglich um ein gefälschtes, geschnitztes Bild handele«, verschnaufte der gute Mann.

»Die Wahrheit sei, dass viele der Jungfrau in Stein vertrauen. So hätte sich Jahre später das Problem von allein gelöst. Im Inneren der Wallfahrtskirche können Sie Kerzen, Blumen, Geschenke finden, die von Passanten, als Dank für die Heilungen hinterlegt wurden. Für Antworten, die die Personen erhielten. Natürlich von dieser entzückenden und verehrten Jungfrau von Altagracia in der Ebene von Cabrera. Ein Gästebuch wurde ausgelegt, damit jeder Besucher und Gläubiger die Möglichkeit besaß, sich einzutragen. Die Jungfrau aus Stein hat eine große soziale Auswirkung auf die Gemeinschaft der Gläubigen, vor allem auf die Menschen der Insel mit ihrem unerschütterlichen Glauben an Wunder.«

Mit den abschließenden Worten »Die Kasse ist am Eingang zum Schrein.« Vor dem Schild: ›Für Instandhaltung des Heiligtums‹ entlässt uns der Führer am Ort der Verehrung und der Wallfahrt.

Sachte werden wir von dem netten Herrn zur Kasse geführt. Etwas verdattert stehen wir da und fragten uns, was wir in diesen zwei Stunden erlebt haben? Die Wahrheit? Eine Sage? Mythos oder wirklich ein zweites Lourdes? Ein Wallfahrtsort?

Die Fahrt nach Hause sinnen wir zwei Frauen an der Geschichte herum. Nach kurzer Zeit müssen wir einen Stopp einlegen, um frische Meeresluft zu tanken. Unser Hirn durchlüften und alle Glieder durchschütteln und mehrfach tief einatmen ...

Wir müssen erst einmal verdauen, was uns da alles eingetrichtert wurde ... Der gute Mann wollte Überzeugungsarbeit leisten.

Weiter geht die Fahrt in Richtung Sabanete. Dort steigt die Freundin in ihren Wagen um. Dieser steht immer noch am selben Ort, wie sie ihn am Morgen geparkt hatte. Zum Glück fehlt nichts und der Wagen wurde auch nicht aufgebrochen. Ich überrede sie noch zu einem Kaffee und einem Stück Kuchen. Etwas Leckeres für die Seele wird uns gut tun. Den ›Belgier‹ in Cabarete erachten wir für geeignet.

Dort erhält man die besten und feinsten Kaffeevariationen, verschiedenste Torten und anderes Seelenfutter, das glücklich macht. Nebenwirkungen? Kalorien, die für den Hüftspeck verantwortlich sind. Das ist uns jedoch in der jetzigen Situation so egal, wie noch nie zuvor.

Wir diskutieren, jede äußert ihre eigene Meinung und versucht, das Erlebte zu verstehen. Fast gleichzeitig kommen wir zur Auffassung, dass mit den Armen und Gläubigen viel Schindluderei getrieben wird.

»Es liegt nicht in meinem Ermessen zu urteilen«, erkläre ich der Begleiterin. Doch eines weiß ich mit

Bestimmtheit: Glauben versetzt Berge. Glaube kann man in jeglicher Form anwenden und das bereitet mir Angst. Denn die Armen, die nichts mehr besitzen, brauchen etwas an das sie festhalten können. Der letzte Strohhalm, der sie vor dem Ertrinken rettet? Dass Menschen manipulierbar sind? Den Bedürftigen ist das egal, die Hoffnung, die stirbt zuletzt.

Wie schon gesagt, hier ist es so, dass jedem von Gott oder die Muttergottes Maria geholfen wird. Vor allem tragen die beiden Heiligen immer und ewig für die Gesamtheit die Schuld.

Schlechtes Wetter? Wenn Gott es so will? Kein Geld? Beten wir. Krank? Der Herr im Himmel will das so? Sturm? Kein Fischfang? Beten und bitten wir die beiden um Besserung.

Schon wird die richtige Stelle in der Bibel gesucht - siehe da, die Lösung ist gefunden: Dieses Gebet wird helfen. Gracias a Dios

»Wenn Gott will, geht es mir gut.« Si Dios quiere.

Wir verabschieden uns beide mit gemischten Gefühlen. Meine Freundin tritt ihre Heimreise in die Berge an. Das Erlebte müssen wir nun erst einmal verdauen.

Es vergehen Tage, bis ich sie anrufe. Ich frage, wie sie sich fühlt und mit was sie sich im Moment beschäftigt.

Meine Freundin lenkt sich damit ab, die Fotos zu bearbeiten. Ich damit, dass ich beginne das Erlebte nieder zu schreiben …

Die Gartenparty

Der gestrige, anstrengende Tag fühlt sich heute wirklich an wie: The Day after. Mein Kopf brummt, nicht vom Alkohol, denn den lass ich schon seit Jahren weg. Ich habe kaum geschlafen, da mich die Worte verfolgten, die gestern auf uns niederprasselten, daher versuche ich es mit Ablenkung.

Es ist schon geraume Zeit her, als mein Mann und ich darüber sprachen, eine Garten-Grill-Party mit Freunden auszurichten.

Heute ist der richtige Zeitpunkt gekommen, alles bis aufs kleinste zu planen. Das lenkt ab und bringt mich auf andere Gedanken. Der Wettervorhersage nach, kann die Veranstaltung am kommenden Samstag stattfinden.

Ein Notizblock, um eine Liste zu schreiben, ist schnell gefunden. So setze ich mich auf die große Terrasse zu den Hunden und beginne alles, was mir in den Sinn kommt, auf Papier zu bringen.

Ich bespreche mich mit meinem Gatten, was wir oder besser gesagt er auf dem Grill zubereiten möchte. Denn er ist der Koch und ich die Küchenhilfe, die für jegliche Beilagen zuständig ist. Die Einkaufsliste und ›to do‹-Liste wird immer länger. Den Einkauf tätigen wir erst einen Tag vor der Party.

Per Telefon beginne ich, die ausgewählten Freunde paarweise auf einen Drink einzuladen. Mehr wird nicht verraten, damit es für alle eine Überraschung bleibt. Es fällt mir schwer, mich in Stillschweigen zu hüllen, immer wieder muss ich aufpassen, dass ich mich nicht verplappere.

Die Uhrzeit wird auf 13 Uhr festgelegt. Drei Paare nehmen an dem Fest teil. Jedoch weiß keiner, dass sie nicht die Einzigen bleiben. Wir legen großen Wert darauf, dass alle gut miteinander harmonieren. Spaß haben, keinen Krieg, ist unsere Devise.

Sechs Freunde, die uns am Herzen liegen und die es verdienen, sich mit leckerem Essen, Getränken, Gesprächen und Musik verwöhnen zu lassen.

Heute nun ist es so weit. Die Ruhe vor dem Sturm. Zum X-ten Mal andere Kleider ausgesucht und wieder umgezogen. Zu hell, viel zu warm für die Jahreszeit, zu schick, zu lässig, nicht bequem genug. Am Ende entscheide ich mich doch für das erste Teil. Typisch Frauen, ja, ich weiß.

Langsam aber sicher trudeln die ersten Gäste ein. Damit niemand etwas mitbekommt, steht der Grill hinter dem Haus, vorgeheizt und gut bewacht. Die Hunde werden es schon richten …

Alles steht in der Kühle bereit. Für die Gäste nicht sichtbar. Zur Vorspeise wird zu gegebener Zeit ›Finger-Food‹ gereicht. Die Musikanten wissen Bescheid, zu welcher Zeit sie erscheinen müssen.

Das schwere Schiebetor am Grundstückseingang öffnet sich. Das erste Paar tritt ein, benutzt den mit verschiedenen Farben gepflasterten Natursteinweg. Nur noch einige Stufen trennen sie von dem schmiedeeisernen Türchen, das auf die Terrasse führt. Die ist allerdings streng bewacht von unserem ›Empfangskomitee‹. Die Wächter stehen in Bereitschaft, lauthals bellend und in freudiger Erwartung, endlich mehr Streicheleinheiten zu erhalten. Die Besucher bringen bestimmt Leckereien mit. Die Vierbeiner erkennen die Zwei sofort, Ramon mit der deutschen Gattin ›Biene‹, wie sie jedermann liebevoll nennt. Das Empfangskomitee interessiert sich nicht mehr für den Grill. Die Besucher sind wichtiger ...

Gekonnt schotten wir Ramon und Biene ab. Mit Ihrem Lieblingscocktail in der Hand und einer Portion Fingerfood führen wir das Paar zum Swimmingpool hinauf. Die bequemen Rattan-Schaukelstühle laden ein, die Aussicht auf das Meer zu genießen. Dort ist es kühler, denn ein leichter Wind ist angenehm spürbar. Gerne dürfen sie den Pool benutzen, das hatten wir bei der telefonischen Einladung allen mitgeteilt: »Packt die Badehosen ein.«

Der Vorteil hier oben ist, dass man das Haupttor nicht im Blickfeld hat.

Die Parkplätze werden von einem Sicherheitsmann verteilt. Dieser ist angewiesen, wie und wo die Gäste ihre Autos parken können. Dass er die Autos so platziert, dass keiner der ankommenden Besucher merkt, dass sie bei Weitem nicht die Einzigen sind. Ich hoffe inständig, dass er sich an meine Worte erinnert und genauso handelt, wie besprochen.

In immer kürzeren Abständen finden sich die Freunde ein. Keiner sieht die Anderen. Die einen setzen wir mit einem Getränk in den Garten auf die Hollywoodschaukel, die Anderen in den Grillraum.

Zum Schluss erscheinen die Musikanten, Freunde von uns aus dem Armenviertel, die sich jedoch versteckt mit einem Bier, hinter der Garage aufhalten.

»Kommt doch bitte auf die Hauptterrasse, wir müssen euch unbedingt etwas zeigen«, ruft mein Mann. Jetzt geht die Post ab.

»Ihr auch, schön euch zu sehen.« Herzliche Freude, Bussi hier und da, Umarmungen, Gelächter und strahlende Augen. Treffen sich doch unsere besten Freunde zu einem Plausch.

Der massive Holztisch wird gemeinsam gedeckt. Diesen wollte ich natürlich erst arrangieren, wenn sich alle begrüßt haben.

»In geheimer Mission ihr Lieben, herzlich will-kommen, auf einen gelungenen Abend mit Euch. Freiwillige zum Tisch eindecken, vortreten«, lacht mein Mann in die fröhliche Runde.

Es melden sich wirklich alle sechs freiwillig ...

Mit einer Freundin eile ich in die Küche. Wir holen die vier Sorten Salat und die verschiedenen Saucen zum Fleisch.

Mein Schatz verschwindet kurz hinter dem Haus. Tritt wieder hervor und rollt unter Begleitschutz den Gas-Grill in den ›Barbecue-Raum‹.

»Setzt euch hin, greift zu, es ist genügend vorhan-den«, richtet mein Privatkoch das Wort an unsere Gäste. Schnell ist klar, wer wo sitzt.

Von Würsten, Fleisch, Hühnchen, Folienkartoffeln und Fisch bis zu Gemüse, wandert alles gekonnt, vom Küchenchef persönlich, auf die Grillfläche.

Der Duft, nein eine genussvolle Duftwolke verteilt sich im ganzen Quartier. Der Wind bläst günstig in die Richtung der verschiedenen Anwohner. Die Nachbarn gekonnt auf den Geschmack bringen? Gewollt Hunger und Lust auf leckeres Essen zu erzeugen. Gluschtig machen, sagen wir Schweizer dazu.

Die Musiker erscheinen auf ein Zeichen unserseits im Garten. Beginnen sofort mit ihrem Repertoire - typische, dominikanische Musik. Gespielt wird auf zwei Gitarren und einer Rassel. Wunderschöne Stimmen, die es verstehen, zu singen und zu musizieren. Man muss es gehört haben, es ist nicht in Worte zu fassen.

Welch eine Stimmung die drei Musiker im Nu zaubern, kann ich nicht beschreiben. Keiner der Freunde kann mehr ruhig auf dem Stuhl sitzen. Ob mit Füssen oder Händen, die Musik reißt alle mit. Einige beginnen laut mitzusingen. Wie das klingt, beurteile ich besser nicht …

Von ›La cucaracha‹ über ›Mi amor es pobre‹ bis zu ›Corazón sin cara‹. Nur um einige zu nennen. Salsa, Merengue und Bachata bringen den nötigen Schwung in unsere Körper.

Die Stimmung steigt, wie der Alkoholpegel einiger Gäste, massiv. Es wird gegessen, geschlemmt, gelauscht und geklatscht.

In einer Pause erhalten die Musiker zu essen. Natürlich mit Rum, das ist Öl für ihre Stimmen, behaupten sie. Die Party ist ein großer Erfolg.

Es ist am Eindunkeln, die Sonne sinkt tiefer und tiefer. Versteckt sich hinter den Häusern, bis die letzten Strahlen am Horizont verschwinden. Manche müssen wir zu ihren Fahrzeugen führen. Ramon und Biene bleiben länger sitzen. Ramon erzählt von seiner Reis-Farm und lädt uns ein, mit ihm zusammen das Dorf kennen zu lernen, in dem er geboren wurde.

Das Thema Reis ist noch lange nicht vom Tisch. Was die beiden aushecken, keine Ahnung.

Lustig geht der Abend weiter. Dass die Hunde Hunger haben, ist total im Eifer des Gefechts versäumt worden. Zu sehr in Gespräche vertieft, ist alles ringsum vergessen. Die Männer finden immer wieder ein packendes Thema. Wir Frauen tratschen über dies und das. Schuhe, Mode und Klamotten, für die Männer eines der willkommensten Themen. Viel zu rasch bricht die Nacht herein.

»Eine letzte Tasse Kaffee, einen letzten Schluck Rum, dann müssen auch wir uns auf den Weg machen«, spricht Biene ein Machtwort. Ramon hingegen würde noch bis zum Morgengrauen hier sitzen und am Rum nippeln.

Irgendetwas kitzelt an meinem Bein. »Bonita musst du mit deiner Rute so wedeln, dass du mich dauernd an der Wade kitzelst?« Ich schaue hinunter zum Hund und meinem Bein. Ein Schrei oder wie soll ich diesen Panikausbruch meinerseits nennen? So schreit nur jemand, dem ein Messer im Rücken steckt. So habe ich das zumindest in einem spannenden Thriller immer gehört.

Es fließt kein Blut. Ein aggressiver Schmerz bereitet mir Mühe, still zu bleiben. Mein großer Zeh schwillt plötzlich an. Fliegenpilzähnlich sieht die Zehe aus. Quälende, unerträgliche und stechende Schmerzen.

Was um Gottes willen ist das? Nun schaue ich mir meine Haxe genauer an.

Nein, oh Schreck, da haftet ein dreißig Zentimeter langer, stattlicher, abscheulicher, dicker und brauner »Cienpies« (Hundertfüßer). Ich schüttele mein Bein wie verrückt hin und her.

Es krallt sich fest, beißt fester zu. Das eklige Ding beißt sich immer fester in mein Fleisch. Muss der dominikanische Hundertfüßer unbedingt mich aussuchen? Ich bemühe mich, gegen meinen Ekel anzukämpfen. Es kostet mich große Überwindung, diesen Hundertfüßer anzufassen, ja, gar ihn zu entfernen. Angstschweiß bildet sich auf meiner Stirn. Nur widerwillig lässt es sich von meiner Wade entfernen.

Endlich lässt es ab von mir. Verschwindet Richtung Blumeninsel auf der Terrasse. Es wendet und kriecht direkt auf meine Ferse zu. Beißt ein zweites Mal zu. Danach sucht es die Gesellschaft von unseren Hunden.

Ich schreie unüberhörbar los: »Bonita, Joya, Jacky. Haut ab, weg da.«

Gemächlich bewegen sich die drei Hunde, als möchten sie mir sagen: ›Kein Futter, kein Gehorsam.‹

Ramon reagiert sogleich. Er kennt die Biester zu gut. Ich muss dazu sagen, dass Dominikaner vor Schlangen, Hundertfüßer und schwarzen Hunden eine unheimliche Angst haben. Er ist mit dem Land vertraut, die Angst jedoch, steht ihm ins Gesicht geschrieben. Er versucht, das Tier zu töten. Bewaffnet mit einem Messer hackt Ramon immer wieder auf das Tier ein.

Hartnäckig wehrt sich das Monster. In zwei Teile schneiden nützt nichts. Es entstehen zwei von den Viechern. Fangen und umgehend in der Toilette versenken, das scheint die Lösung. In der Hoffnung, dass die keinen Schwimmkurs besuchen, traue ich dem Frieden immer noch nicht ganz. Diese Toilette benutze ich vorerst nicht.

»Wenn die zubeißen, man allergisch reagiert, ist es besser, sofort ein Spital aufzusuchen«, erklärt unser Freund Ramon. Wir handeln sofort. Ich bin Allergikerin, es kann sein, dass ich auf das Gift allergisch reagiere. Unter Mithilfe der Bekannten schaffe ich es bis zum Pick-up. Hieve mich auf den Sitz und jammere, was das Zeug hält. Tränen fließen, ohne dass ich etwas dagegen unternehmen kann. Begleitet werde ich von meinem Gatten, Ramon und Biene. Die Fahrt in die nächste Klinik ist nicht weit, doch mir kommt es so vor, als säße ich schon eine Ewigkeit im Wagen. Ab in die Notfallstation. Dort verbringe ich die nächsten Stunden. Ein harmonischer Abend endet für mich mit einem Fiasko ...

Im Spital

Die nächste Klinik ist in wenigen Minuten erreicht. Die Notfallstation ist hell beleuchtet und mein Mann und auch Ramon können in unmittelbarer Nähe des Eingangs parken. Was für ein Glück, das zwei starke Männer mich aus dem Auto heben können. Normalerweise hätte ich es genossen, auf kräftigen Männerarmen getragen zu werden ...

Ein Hilfspfleger mit einem Rollstuhl, der die besten Zeiten längst hinter sich hatte, nähert sich uns. Sobald ich in diesem Stuhl sitze, schiebt man mich zum Empfang.

»Sind Sie versichert? Welche Versicherung? Pass, bitte.« Der ganz normale Papierkrieg. Mein Partner erledigt die Formalitäten zusammen mit Ramon. Das kann dauern, denn jetzt wird erst einmal abgeklärt, ob mein Fall die Versicherung übernimmt.

Auf dem Eiland gilt folgendes: ›Wer nicht versichert ist, muss bar bezahlen. Ohne Krankenkasse wird niemand behandelt. Es kam schon vor, dass die Ambulanz zuerst bei einer Bank vorgefahren ist. Die Trage mit dem Patienten wurde dann zum Geldautomaten gebracht. Der Kranke musste genügend Pesos abheben, erst danach transportierte man ihn in das nächste Spital. Grausam ist das, wenn jemand ein

Herzproblem bekommt und nicht genügend Bares mit sich führt.‹ Jedoch sind das die Regeln hier auf der Insel.

Nach geraumer Zeit rollt man mich in den Vorraum der ›Emergencia‹. Zack, ab geht die rasche Fahrt. Dort parkt man mich zum zweiten Mal. Aufstehen ist verboten. In jeder Klinik im gesamten Land darf kein Kranker oder Verletzter zu Fuß gehen. Das ist aus versicherungstechnischen Gründen nicht erlaubt ...

Wir, mein Mann, Ramon und Biene stehen oder sitzen herum und müssen geduldig warten, bis einer der Götter in Weiß, Zeit für mich findet. Meine Schmerzen melden sich klopfend, penetrant und nix passiert.

Zur Ablenkung schaue ich mich in der Erste-Hilfe-Station um. Auf welche fremden Welten sind wir hier gestoßen? Der Unterschied zu Europa ist erheblich. Hier soll ich mich behandeln lassen?

In Gedanken sehe ich eine Schlachterei und vieles mehr, was ich besser nicht erwähne. Ja, ich bin ein Feigling, das gebe ich zu.

»Was ist das für eine vorsintflutliche Klinik? Seit ihr sicher, dass ich das Hospital lebendig verlassen kann«, frage ich Biene.

»Das ist das neuste Privatspital in der Region. Keine Panik, die wissen, was sie anstellen«, lacht mich Biene schelmisch an.

Mir geht es nicht besser nach dieser Antwort.

Vereinzelte, mit defekten Vorhängen getrennte Abteile verteilen sich in der Notaufnahme. Alle belegt mit Patienten.

In der einen liegen zwei Männer mit Schusswunden. Daneben stehen zwei bewaffnete Polizisten zur Bewachung.

Dort treffen wir auf unseren Freund, der bei der Polizei einen höheren Posten vertritt. Der Polizeibeamte, dem wir den Übernamen ›Hasenzahn‹ anhängen, wenn es niemand hört. Raten sie vorab, warum wohl? Was um Himmelswillen ist da geschehen?

Einer der Schutzmänner klärt Ramon auf.

»Ein Eifersuchtsdrama der Sonderklasse. Beide Männer haben sich in ein und dieselbe Frau verliebt. Das schöne Weibchen ist jedoch bereits verheiratet. Der Ehemann sieht die zwei Nebenbuhler, der Streit eskaliert. Gezankt, gerauft, gestoßen, geschlagen und mit Fäusten traktiert. Drei Kerle in Rage, die einen Kampf um eine geliebte, weibliche Person nicht mehr zu bremsen können. Einer zückt ein Messer, der andere eine Pistole. Der mit dem Stichmesser verletzt sein Gegenüber am Oberarm. Das lässt der

Angestochene unter keinen Umständen auf sich sitzen und zielt mit der Schusswaffe, drückt ab. Getroffen in des Mackers größtes Glück. Viel Blut fließt. Jemand ruft die Polizei und die Ambulanz. In der Notfallstation erkennt der Arzt, dass das ›Familienglück‹ des Angeschossenen für alle Zeit zerstört ist. Dass es nur noch in Fetzen am Schwerverletzten herunterhängt. Er muss Höllenqualen leiden. Die Wut und der Hass beherrschen ihn immer noch. Er möchte dem anderen Verletzten am liebsten an die Gurgel. Die zwei Polizisten müssen die Kerle bewachen. Der Mediziner handelt zackig. Festgeschnallt auf der Liege, eine Spritze zur Beruhigung«, teilt uns Ramon mit.

Endlich rollt man mich in eine freie Kabine. Zuerst legt man eine Infusion, damit ich nicht abhauen kann, ohne die Rechnung zu begleichen. Das gehört auf der Insel zur Normalität in jeder Klinik. Egal, an was für eine Krankheit man leidet. Die Nadel wird gesetzt, ob man das nun möchte oder nicht. Der Notarzt sucht eine passende Vene, was sich bei mir als sehr schwierig erweist, da ich Rollvenen habe.

Nach endlosem Hin- und Hergeschiebe der Injektionsnadel hat der Arzt eine brauchbare Vene getroffen - Zufall, Glück oder Können?

Mein Mann verschwindet kurzer Hand vor die Tür. »Ich muss an die frische Luft«, teilt er mir mit. Ich weiß, dass er es nicht mit ansehen kann, wenn man an meinen Venen herumhantiert ...

Das Gegengift wird gespritzt und ein Schmerzmittel direkt in die Infusion gegeben, dessen Wirkung erst nach einer halben Stunde zu verspüren ist. Jedoch genauso schnell nicht mehr wirkt.

Die Flasche, die über mir an einem Ständer baumelt, entleert sich viel zu rasant in meine Vene. Folglich muss ich ganz dringend mal. Die Blase ist gefüllt. Länger verkneifen kann ich den Drang zum Örtchen nicht mehr.

Pfleger, Krankenschwestern und Ärzte vertreiben sich die Nachtschichten damit, am Smartphone Musik zu lauschen. Knopf im Ohr, mitsingen oder gar den Takt mitklopfen. Zeitweise auch auf dem Laptop einen Film schaut, tratscht oder, wer einen bequemen Stuhl findet, auch schläft.

Rufen, den Vorhang zur Seite schieben, mit den Händen Zeichen geben, Aufmerksamkeit auf sich ziehen. Alles versucht mein Gatte, jedoch wird keine Reaktion gezeigt. Schreien heißt die Devise. Der Notarzt eilt herbei. Entweder empfindet er Erbarmen mit dem Gringo oder unsere Schreie wurden erhört. Eine normale Lautstärke nützt in diesen Ländern oftmals nichts. Wie erkläre ich mein Anliegen? Biene weiß Rat und übernimmt das Sprechen.

Ein Pfleger samt Rollstuhl fährt vor. Er möchte mich zur Toilette begleiten.

»Das geht kaum«, erklärt Biene dem Krankenpfleger. Der schaut Biene verdattert an.

›Warum sollte er mich nicht zur Toilette fahren dürfen? Wo bitte liegt hier das Problem?‹

Mein Lebenspartner schnappt kurzerhand den Infusionsbeutel, Biene schiebt. Gemeinsam sind wir stark.

›Die Erlösung naht‹, rede ich mir gut zu. Endlich sitze ich auf dem Klo und nix passiert. Es funktioniert nicht. Ich kann mich einfach nicht entleeren, wenn das Publikum herumsteht, zuhört und zuguckt. Höre ich die beiden applaudieren?

»Bitte! Würdet ihr etwas entfernter stehen?« Bis ich die Zwei abermals herrufe: »Kommt bitte, ›es‹ hat geklappt.«

Man rollt mich zurück und hängt die Buddel wieder an den vorgesehen Haken. Wieder auf der unbequemen Unterlage liegend harre ich aus.

Mein Arm schwillt an, wird dick und dicker. Die Zehe ist immer noch kugelig angeschwollen.

»Das ist normal bei einem Biss. Der geschwollene Arm, keine Sorge, das geht vorüber«, erklärt der Hilfspfleger.

›Toll, was für Aussichten‹, rege ich mich innerlich auf.

Als die Infusionsflasche leer ist, darf ich nach Hause. Bis zum Wagen werde ich im Rollstuhl geschoben. Ramon und Biene sind froh darüber, dass sie endlich nach Hause fahren dürfen. Wir bedanken uns herzlich für den Übersetzungsdienst mit den Ärzten.

›Hasenzahn‹, der nette Polizist, will uns auf jeden Fall bis vor unsere Haustür eskortieren.

»Nicht, dass dich noch ein Tier beißt«, lacht er.

Wer kann schon von sich behaupten, mit einem Bodyguard in Form eines Polizeimannes nach Hause gebracht zu werden?

Die Sicherheitsleute an der Pforte staunen nicht schlecht. Die stehen mit weit geöffneten Mündern herum. ›Das sind doch die Leute von Haus Nr.? Was haben die denn auf dem Kerbholz? Etwas ausgefressen? Schwerverbrecher?‹

Mit einer letzten Umarmung und einer Handvoll Pesos, damit er sich irgendetwas zu trinken kaufen kann, bedanken wir uns bei ›Hasenzahn‹.

Erst jetzt, als die Sicherheitsmänner an der Schranke erkennen, wie wir uns vom Schutzmann verabschieden, bemerken sie ihren Irrtum. Schließen ihre Münder und lachen lauthals los.

Endlich Daheim, die Hunde hören wir bereits auf dem Parkplatz. Ihr Gebell an Lautstärke ist nicht zu übertreffen.

»Über kurz oder lang wird ein Nachbar sich beschweren«, jammere ich. Dass ich mürrisch auf jede Kleinigkeit reagiere, wenn Schmerzen mich plagen, weiß mein Mann. Er erträgt meine Laune mit Fassung.

Auf einem Bein hüpfend, bewege ich mich den schmalen Weg zur Terrasse hinauf. Hier kann ich mich kurz auf einen Stuhl setzen. Die Hunde kratzen bereits an der massiven Holzeingangstür, in Erwartung, dass sich diese endlich öffnet.

Jetzt erst sehe ich, wie fluchtartig wir Haus und Hof vor Stunden verlassen haben.

Wie sieht es aus? ›Irgendjemand feierte bestimmt eine ausgelassene Party‹?

Ich sah, dass wir alles stehen und liegen gelassen haben. Kurzerhand abgehauen. Alles nur, weil mich dieses Monster gebissen hat.

Auf dem Tisch stapeln sich die verschmutzten Teller, halb gefüllte Gläser und Kaffeetassen stehen herum.

Die Hunde stürmen hinaus. Freudig wedelnd werde ich begrüßt. Bonita möchte mir am liebsten auf den Schoß springen. Sie spüren, dass ich nicht so gut gelaunt bin, wie sonst und lassen von mir ab.

»Ab ins Haus mit euch.« Erschöpft hopse ich ins Wohnzimmer.

Aufräumen, abwaschen - viel Arbeit, die auf meinen Schatz wartet. Allerdings kann ich meinem Partner unter keinen Umständen helfen.

Der Zeh, das glaubt mir höchstwahrscheinlich niemand, schmerzt unerträglich. Ein Gefühl, als stechen tausend brennende Nadeln zu.

Erwähntes Biest biss dermaßen zu. Wehe, wenn die angekrochen kommen. Nun bin ich um eine Erfahrung reicher.

»Leg dich hin. Ich erledige den Rest«, versucht mein Mann mich zu beruhigen.

Ich lege mich vor die Flimmerkiste, will mich ablenken, jedoch ist die Konzentration gleich null.

Es pumpt, klopft, piesackt. ›Versteckt sich eine Zeitbombe in meinem großen Zeh? Irgendwann‹, denke ich, ›explodiert das Teil.‹

Ich sehe es vor mir, das Blut an den Wänden. Die rote Flüssigkeit rinnt an der weißen Wand hinunter, hinterlässt unschöne Tropfen auf dem Boden. Blutige Klecksbilder tanzen vor meinen Augen ...

Schlafen ist unmöglich, ich höre nur das Pumpen.

Mein Mann bringt Eiswasser, Salbe und Quark, es hilft alles nichts. So stellt er mir zu trinken und die Schmerzmittel aus dem Spital auf den Beistelltisch. Todmüde sieht er nach diesem anstrengenden Tag aus.

Die Überbleibsel vom Partygelage wegräumen, die Hunde füttern und im Spital ausharren. Wird ihm doch jedes Mal speiübel, wenn er das Wort Spritze nur hört. Regelrecht geflüchtet ist er, um eine Zigarette zu rauchen, als der Arzt an meinem Arm sein Glück versuchte.

»Geh Schatz, leg dich schlafen, ich komme sehr gut alleine klar. Du hast mir alles, was ich benötige, bereitgestellt«.

»Träum' was Süßes, Bussi.« Weg ist er. Die Hunde folgen ihm ins Schlafzimmer.

Das Schnarchen von Mensch und Tier hallt bis zu mir ins Wohnzimmer. Heute stört es mich nicht. Schlummern? In keinster Weise. Chancenlos.

Die Nacht über pocht jener »Pilz« unaufhörlich. Ich versuche, dem Film im TV-Apparat meine ganze Aufmerksamkeit zu schenken. Trotz der Beschwerden muss ich dann kurz eingenickt sein.

Übernächtigt muss ich aussehen, als am nächsten Morgen mein ›Ein und Alles‹ fit aus dem Bett zu mir an das Sofa tritt. Die Zehe ist extrem dick angeschwollen. Schmerzen, die sich immer noch durch ein Jucken, Stechen und Brennen in meinem Zeh ausbreiten.

Es hilft nichts, da muss ich durch. Seit diesem Erlebnis schaue ich lieber drei Mal, ob nicht so ein Hundertfüßer auf der Terrasse herumkriecht. Ich

suche mir nur Stühle mit Sprossen an den Stuhlbei-
nen aus. Damit ich meine Füße darauf abstellen kann.
Füße in die Höhe, weg vom Boden …

Besuch der Schmetterlingsfarm

Nach jener Erfahrung mit dem Hundertfüßer möchte mir mein Mann zeigen, dass nicht nur bissige Tiere auf der Insel leben.

»Was meinst du dazu, wenn wir uns eine Schmetterlingsfarm ansehen? Ein Bekannter erzählte mir davon. Er ist Falter-Kenner und empfahl mir diesen Ausflug wärmstens«, fragt mein Schatz.

Irgendwie fehlt mir die Lust, Tiere anzusehen, egal welcher Art. Allerdings spüre ich, dass mein Partner es nur gut mit mir meint. Ich sage zu, denn ich möchte ihn nicht enttäuschen.

Wegbegleiter wird unser Santos, falls er über freie Zeit verfügt. Ich rufe Santos an, er ist sofort begeistert. Ich bespreche mit ihm, wie, wann und wo es losgeht. Der Donnerstag wird festgelegt. Esther wird wie immer zu den Hunden schauen, Haus und Garten in Ordnung halten.

Wir suchen die Wegbeschreibung im Internet. Die Reiseroute wird ausgedruckt, damit Santos und mein Gatte den Weg ohne Probleme finden.

Donnerstagmorgen, pünktlich um sieben Uhr wartet Santos an der Schranke. Esther kommt den Weg zum Haus hinauf.

»Da es ein warmer Tag ist, möchte ich vorzeitig mit der Arbeit beginnen«, teilt sie uns außer Atem mit.

Wir machen uns auf den Weg zur Pforte, damit Santos nicht allzu lange warten muss.

Die Reise dauert. Die ausgedruckte Reiseroute hält mein Mann fest in den Händen. Er dirigiert Santos in die günstigste Fahrtrichtung. Kurzweilig ist die Fahrt in der abwechslungsreichen Natur. Das tiefblaue Meer, indem man die Korallenriffe sehr gut erkennen kann. Die einsamen Sandstrände, die uns verlockend einladen, eine kurze Rast an der Küste einzulegen. Umgehend nehmen wir diese Einladung an und machen eine kurze Pause.

Muscheln in unterschiedlichen Farben und Größen liegen verstreut im Sand. Vom Wind gebogene Kokospalmen und Meertrauben-Bäume säumen das Ufer. Grasartige Pflanzen breiten sich bis zum Sand aus. Aloe-Vera-Gewächse in verschiedenen Entwicklungsstadien finden sich ebenfalls dort. Herrlich ist es durch den feuchten Sand zu waten. Immer wieder den Wellen ausweichend, die sich einige Meter draußen auf dem Meer aufbäumen und überschlagen.

Der Wind wird stärker und zerrt an unserer Kleidung. Sand wirbelt durch die Luft, vermischt mit Salz. Bei jedem Schritt im Sand peitschen die feinen Körner an unsere Beine.

»Wir müssen weiter«, mahnt mein Mann. Er treibt uns zur Eile an. Ungern verlasse ich diesen Küstenabschnitt. Ich quetsche mich auf die Rückbank des Wagens. Geändert hat sich an der Bank nichts.

Das Landschaftsbild verändert sich zu Hügellandschaften. Saftig grüne Hügel, auf denen Kühe unter Bäumen im Gras liegen und wiederkäuen. Zu plaudern gibt es immer viel.

Santos schwärmt uns vor, wie der Jubilar noch Tage nach unserem Besuch täglich ins Tal blickt. »Wann kommen sie? Wann bringen sie mir die Bilder zur Erinnerung?«

Wir versprechen Santos, dass wir in ein bis zwei Wochen unser Versprechen einlösen. Bis dahin muss der nette Mann geduldig warten.

Ein Blick auf den Routenplaner zeigt, dass die Richtung stimmt.

»Es ist nicht mehr weit«, erklärt uns mein Partner auf dem Beifahrersitz.

Wir sehen ein Schild, das uns vor die Farm führt. Dort auf dem Parkplatz suchen wir einen schattigen Ort, um das Fahrzeug abzustellen. Kurze Zeit später stehen wir am Eingang der Schmetterlingsfarm.

Der Züchter nimmt uns in Empfang. Santos übersieht er. Nicht mit uns, Santos gehört zu uns. Er begleitet uns, komme, was wolle.

»Santos gehört sozusagen zur Familie«, erklären wir dem Schmetterlingszüchter.

Wir hören schweigend zu, was uns der Züchter erzählt.

»Alle Schmetterlinge werden auf der Farm gezüchtet. Jeder Zuchtkäfig beherbergt zwischen dreißig und vierzig erwachsene Falter, sie paaren sich, jedes Weibchen legt etwa achtzig bis dreihundert Eier. Täglich sammeln Arbeiter die Eier ein, die dann zu den Wirtspflanzen in unsere ›Kinderstube‹ gebracht werden. Da die Schmetterlings-Eier nach der Ablage mit Krankheitserregern kontaminiert sein könnten, werden sie nach dem Einsammeln desinfiziert.«

Die Tour geht weiter durch das Gelände. Man erklärt uns, dass wir auf dem Weg zur ›Kinderstube‹ sind.

Santos lacht bei dem Ausdruck. Er stellt sich wohl sein Heim vor, mit all seinen Kindern.

Wir sind bei der ›Raupen-Kinderstube‹ angekommen.

»Hier sehen Sie Pflanzen mit Manschetten, welche die Raupen vor Fressfeinden schützen. Die ›Kinderstube‹ liegt außerhalb des Zuchtbereichs, um eine natürliche Umwelt zu imitieren. Der Platz der Zuchtstätte ist sorgfältig in einer Mischung aus Licht und Schatten positioniert. Wind und Regen sind die beste

Vorsorge gegen Krankheiten.« Eine Dame kommt und gesellt sich zu uns.

Sie berichtet:

»Schmetterlingseier besitzen eine harte Schale. Die Eiwand ist an einer Stelle schwächer, so können die Larven leichter schlüpfen. Die Raupe, eine wurmartige Erscheinungsform, verfügt über keine Facettenaugen. Sie ist ein permanenter Fresser. Raupen können in ihren Entwicklungsphasen große Schäden verursachen. Mit den Kauwerkzeugen sind sie fähig, neben Blüten und Blätter auch Früchte zu vertilgen. Die schnell wachsenden Larven häuten sich vier bis fünfmal. Danach suchen sie sich einen ruhigen Ort. Ist die Ruhezeit zu Ende, sprengt der fertige Butterflystil die Puppenhülle unter immensen Anstrengungen. Es kann mitunter mehrere Stunden dauern, bis er sich ans Tageslicht gekämpft hat. Zunächst ist das geschlüpfte Insekt weich und feucht. Die Flügel sind zerknittert. Die Schmetterlingsflügel trocknen rasch in dieser Sonne. Der Sommervogel hat sein endgültiges Aussehen erreicht, fliegt los in ein kurzes Leben, das artbedingt nur ein paar Stunden, mehrere Tage oder auch einige Wochen dauert.«

Geraume Zeit verweilen wir auf der Farm. Begeistert laufen wir drei über das Gelände. Wenn es am Schönsten ist, dann sollte man gehen.

Wir verabschieden und bedanken uns für die ausführliche Beschreibung. Ein lehrhafter Ausflug, den wir mit gutem Gefühl, allen empfehlen können. Ich bin glücklich, dass ich zugestimmt habe, diesen Abstecher zu unternehmen.

Warum man den Schulmeistern aus den öffentlichen Schulen ein Besuch im Park nicht vorschreibt, ist mir ein Rätsel. Dass Lehrer mit den Schulkindern den Naturkundeunterricht nicht nach draußen verlegen. Es ist lehrreich - für Jung und Alt.

Santos führt uns gekonnt durch den Straßenverkehr nach Hause. Wie üblich möchte er uns an der Pforte verlassen.

»Wir bleiben in Kontakt. Rufen dich an. Gerne bringen wir die Fotos von dem Fest in zwei Wochen vorbei - mit deiner Hilfe«, entlassen wir Santos. Glücklich steigt er in die Karre und fährt winkend nach Hause. In zwei Wochen wird Santos pünktlich vor der Schranke auf uns warten, da sind wir uns sicher.

Mit dem Wissen, das eine weite Reise vor ihm liegt, hinauf in die Berge zu den Seinen.

Monate vergehen. Doch dann erleben wir es in natura in unserem Garten. Ich rufe meinen Mann und unsere Perle dazu. Ein Spektakel sondergleichen.

Falter, Schmetterlinge. Zu Hunderten, alle gleichzeitig ausgeschlüpft.

Sie ruhen auf den Blättern der Bäume aus. Dort niedergelassen, um ihre Flügelchen trocknen zu lassen. Allesamt gelb. Kleine Sommervögel verlassen ihren Trockenplatz. Vom Wind davon getragen. Fröhlich tanzen sie über dem Rasen in der Luft. Der Himmel über uns verfärbt sich in ein Zitronengelb. Noch nie erlebten wir ein vergleichbares Schauspiel der Natur - einfach wunderschön.

Sofort meldet sich Esther, das Hausmädchen zu Wort: »Was für ein glückliches Haus ihr besitzt. Ihr dürft erfreut sein. Wo sich so viele Schmetterlinge zeigen, kann nichts Böses, Hässliches oder Übles eindringen. Ihr werdet behütet und beschützt leben. Das bewirken diese Falter, ihr werdet sehen«, endet Esther mit ihrer ganzen Überzeugung.

Ungewöhnliche Gefühle so etwas Paradiesisches zu erleben.

Was die Natur zum Vorschein bringt, kann kein Mensch nachahmen.

Ein normaler Montag

Unsere treue ›Perle‹ erscheint jeweils frühmorgens. Sie weiß genau, dass es zuerst ein bis zwei Tassen Kaffee gibt. Wir tratschen darüber, was im ›Bario‹, im Armenviertel, alles vorgefallen ist.

Ab und zu berichtet sie von einem Kugelwechsel, einer Messerstecherei oder einem Raub. Es ist derzeit gefährlich, im Elendsviertel zu leben.

Ihr Sohn arbeitet drei Tage in der Woche als Gärtner bei uns. Heute bewegt er sich sehr gemächlich.

Das Trinkgefäß, gefüllt mit Bohnenkaffee, in der einen Hand, in der anderen Hand die Arbeitskleidung. Unmotiviert schlendert er im Zeitlupentempo in Richtung Umkleideraum. Das Tagesprogramm für den heutigen Tag steht fest.

An erster Stelle: Hunde-Pool reinigen. Die bestehende Farbe, die zum Teil bereits abblättert und Blasen wirft, abschleifen. Natürlich ist diese Arbeit Männersache, zum Glück ist mein Partner ein richtiger Heimwerker.

Die jetzige Bemalung ist himmelblau, eine spezielle Schwimmbadfarbe. Wie hartnäckig dieser Farbstoff an den Bassinwänden klebt, wird er bald zu spüren bekommen. Mein Lebenspartner trinkt erst mit uns einen Kaffee. Danach schlüpft er in die Arbeitslatz-

hosen, setzt das Käppi auf und zieht sich die Staub-
maske über Mund und Nase. Bei den Temperaturen,
die im Moment herrschen, muss es für ihn eine Tor-
tur sein, sich so zu verhüllen. Wie lustig er damit
aussieht, sage ich lieber nicht.

Die Schleifmaschine, die er besitzt, das ›neueste‹
dominikanische Modell kommt schnell an seine
Grenzen. Die Maschine wird heiß und qualmt
bedenklich. Zwischendurch muss sie abkühlen, in
der Zeit arbeitet er von Hand nur mit Schleifpapier
weiter. Schleift, schuftet, entfernt Schicht für Schicht
die alte Farbe. Eine leichte Meeresbrise weht meinem
Partner um die Ohren.

›So wird er vielleicht weniger ins Schwitzen kommen‹, hoffe ich.

Wir zwei Frauen beenden unseren Tratsch, auf Esther wartet die Arbeit. Heute ist große Küchenreini-
gung angesagt. Ich möchte mit allen Mitteln verhin-
dern, dass sich Käfer, Ameisen und Kakerlaken in
den Küchenschränken einnisten. Das passiert auf der
Insel in den Tropen rasch. Einmal im Monat muss sie
die Kästen ausräumen, alles reinigen und kontrollie-
ren.

Zweiter Punkt des Tagesprogramms: Die
Schmutzwäsche erledigen. Klar, das ist typische
Frauensache. Die Waschmaschine war vor Jahren, als

wir auf der Insel ankamen, eines der ersten Gegenstände, die wir kauften.

Vor wenigen Monaten kaufte mein Partner mir eine Wäschespinne. Den dazugehörigen Sockel betonierte er auf der Terrasse im Natursteinboden ein. Erstens muss ich die nasse Wäsche weniger weit tragen, zweitens kann das Gewaschene an der Sonne trocknen.

Heute möchte ich das neue Hilfsmittel einweihen. Schmutzige und verschwitzte Kleidung für die Waschmaschine ist genügend vorhanden.

Die erste Maschine ist erledigt, also nix wie an die Sonne mit der bunten Bettwäsche.

Ich verfrachte den Wäschekorb auf die Terrasse und steige dabei mühsam über die im Schatten dösenden Hunde. Keiner der Vierbeiner macht Anstalten mir den Weg freizugeben. Nicht einen Millimeter rücken sie zur Seite. Den Faulenzern ist es viel zu warm, also muss ich klettern. Den Kunststoffkorb mit der feuchten Buntwäsche mit beiden Händen festhaltend, stolpere ich über die Fellnasen und kann mich nur mühevoll auf den Beinen halten. Nach dieser zirkusreifen Leistung stelle ich das Behältnis auf den in der Nähe stehenden Holztisch.

Ich möchte jetzt den nigelnagelneuen ›Stewi‹ aufspannen. Doch ich kann dieses verflixte Ding einfach nicht öffnen.

Was um Himmelswillen klemmt da nur? Ich ziehe und zupfe mit all meiner Kraft an dem Seil, das dazu dienen soll, das Teil aufzuspannen. Unerwartet rutsche ich auf ›etwas‹ Glitschigem aus, das auf dem Natursteinboden liegt.

Was liegt da herum? Warum ist der Boden so rutschig? Es hat weder geregnet, noch sind die Steinplatten vermoost.

Nein, einer der Vierbeiner spielte zuvor genau an dieser Stelle mit einer Mango.

Zerkleinert, zerdrückt, darauf herum gekaut, vollgesabbert und liegen gelassen. Den Rottweiler trifft keine Schuld. Der frisst die ganze Mango mit dem Stein, schluckt alles hinunter. Der Berner Senn? Der Golden Retriever? Egal, die Schweinerei liegt genau dort, wo der ›Stewi swissmade‹ auf mich wartet. Großartig. Nun klebt der Matsch unter meinen Flip-Flops.

Kein Winterprofil kann da mithalten, um den Schuhen Halt zu bieten. ›Plumps.‹ Mit aller Wucht knallt es mich auf mein wertes Hinterteil. In Rückenlage, die Beine und Arme erhoben, liege ich da. Was für ein Bild ich abgebe, kann ich nur erahnen. Jeder Maikäfer macht in dieser Position eine bessere Figur.

Die Wäschespinne wartet, dass sie endlich geöffnet wird. Esther naht, lacht und zieht heftig an der Leine. Kurzerhand ist alles hergerichtet.

»Man könnte jetzt aufstehen, Ellen«, meint sie und schmunzelt.

Mühsam probiere ich, mich auf den Bauch zu drehen.

Ich muss die Beine anziehen, geht es mir durch den Kopf.

»Ich bin zu dick«, keuche ich und versuche, mich mit den Händen abzustützen. Auf allen Vieren kriechend suche ich den nächsten Stuhl auf. Mein lädierter Po meldet sich zuverlässig zur Stelle. Schwerfällig setze ich mich hin. Nicht jammern, eine Indianerin kennt keinen Schmerz. Noch Tage werden die blauen Flecken zu sehen sein ...

Die zweite Ladung Wäsche wartet in der Maschine. Dieses moderne Ding lässt, wenn das Programm beendet ist, einen durchdringenden Piepston ertönen. Nervenaufreibend. Muss denn jeder Nachbar von nah und fern wissen, dass Waschtag ist bei mir?

Unter Schmerzen bewege ich mich in Richtung Waschküche und öffne die Waschtrommel. Der Alarmton verklingt. Ruhe kehrt ein. Ich sammele einen weiteren Korb mit perfekt gereinigten Klamotten aus der Trommel.

Esther ist mir beim Aufhängen behilflich. Sie klammert die Kleidungsstücke an die hierfür vorgesehen Plastikschnüre der Wäschespinne. Klar lass ich die 1,50 metergroße Person die Wäsche nicht alleine aufhängen. Sie erreicht die höher gelegenen Leinen ohnehin nicht.

Ab und zu werfe ich einen kurzen Blick zum Göttergatten, der fleißig am Abschleifen der Poolwände ist. In der blauen Latzhose, mit Atemmaske und Schutzbrille, sieht er aus wie ein Mensch von einem anderen Planeten.

Wir Frauen gönnen uns eine Pause und genehmigen uns einen dominikanischen Espresso. Nach meinem Sturzflug brauche ich etwas Schonung.

Kurz darauf schleicht ein Mann mit schleppenden Schritten zu uns an den Tisch. Meiner. Verschwitzt nach der schweißtreibenden Arbeit. Eine gewisse Ähnlichkeit mit dem Schlumpf-Papa kann er nicht abstreiten. Er ist von Kopf bis Fuß hellblau eingefärbt. Erst als er die Schutzbrille entfernt, erscheint darunter die sonnengebräunte Haut um die Augen. Den ›geschlissenen‹ Mundschutz reißt er einfach ab.

»Durst« ist sein erstes Wort, dann trinkt er immerfort Wasser.

Die Brise frischt auf. Ich gucke rasch um die Ecke und bin entsetzt, was ich dort entdecke.

Der Trockenständer dreht sich flott im Wind. Die daran befestigte Wäsche ist himmelblau eingefärbt vom Schleifstaub! Nein, ich rege mich nicht auf. Ich bleibe ganz ruhig.

Das Reisfeld von Ramon

Vor einiger Zeit besuchten uns Ramon und seine Ehefrau. Damals, beim Grill-Fest erzählte er von dem Reisfeld. Ein abendfüllendes Gespräch unter Männern.

»Es gibt verschiedene Arten von Reis, meiner ist der Beste.«

›Nun ja‹, dachten wir, ›das sagen sie alle, wenn sie etwas verkaufen können.‹

An einem sonnigen, warmen Sommertag, kommt der Anruf von Ramon.

»Ich möchte Morgen gerne zur Reis-Farm fahren, das Auto ist jedoch in der Werkstatt. Für die holperige Straße dorthin ist es ohnehin nicht geeignet. Also frage ich euch, habt ihr Lust und Zeit, mich zu begleiten? Wir gehen direkt in die Fabrik. Dort wird mein Reis in unterschiedlich große Säcke abgepackt. Der Reis ist direkt ab Fabrik etliches günstiger zu kaufen. Im Übrigen ergäbe sich die Gelegenheit, dass ihr meine Mama, sowie die anderen Verwandten kennenlernt. Die gesamte Verwandtschaft wohnt in dem Ort. Eine Anzahl der Männer arbeitet auf dem Reisfeld. Vor allem zur Pflanz-und Erntezeit. Wie sieht es aus?«

Ramon ist Dominikaner. Er hat einige Jahre in Deutschland gelebt und gearbeitet. Von daher spricht er sehr gut deutsch. Überlegen brauchen wir kein bisschen.

»Klar fahren wir, das wird für uns sicherlich ein spannender Tag. Sag uns die Uhrzeit und wir holen dich zu Hause ab.«

»Ist sechs Uhr morgens passend? Die Fahrt ist weit, die Straße katastrophal. Mama will, dass wir alle bei ihr zu Frühstück essen.«

»Gut, bis morgen früh - rechtzeitig. Sprich vorher bitte mit deiner Mutter. Es ist nicht nötig, extra zu kochen.«

Der Tag vergeht im Flug, denn immer gibt es etwas, um sich beschäftigen.

Wir erklären Esther, dass wir morgen vor Tagesanbruch das Haus verlassen. Sie ist jederzeit bereit, eher zu erscheinen. Verdient sie an jenen Tagen mehr, das hilft ihr, sich etwas leisten zu können.

Früh, für mich viel zu früh, schrillt der Wecker. Wie ich dieses Geräusch liebe.

Ich erzähle besser nicht, wie viele Uhren mit diesem ohrenbetäubenden Krach ich schon ins Jenseits beförderte. Schwungvoll, eher wütend, knalle ich die an die nächstliegende Zimmerwand. Bis sie ihr letztes Gepiepe ertönen lassen. Danach in Tausend Teile zerschellen und sich auf dem Boden verteilen. Mit jenen Aktionen habe ich mir immer wieder selber ins eigene Fleisch geschnitten. Übergibt mir doch mein Partner breit grinsend zum Geburtstag oder Weihnachten, ein hübsch verpacktes Geschenk. Nein, liebe Leser, kein Wecker. Ein selbst gebasteltes Mobile aus den kleinsten Teilchen einer kaputten Weckuhr.

Mit den Worten: »Immer noch besser, als dicke Socken aus Wolle oder ein Bügeleisen.« Also werde ich lieber den Wecker in Ruhe lassen.

Gleichwohl heißt es jetzt aus den Federn. Rasch noch einen Kaffee trinken, damit die Lebensgeister in Schwung kommen.

»Mach Schatz, wir müssen los. Ich möchte pünktlich ankommen bei Ramon.«

So verschlucke ich mich an den letzten Tropfen des schwarzen Koffeingetränks. Beschmutze noch mein frisch gewaschenes T-Shirt. Nicht sehr dekorativ diese Kaffeespritzer. Also schnell einen Ersatz gesucht, überziehen und ab durch die Mitte. Die Hunde sind es gewohnt, dass wir uns morgens unmöglich benehmen. Sie beachten uns nicht, Hauptsache die Leckerlis liegen bereit.

Mein Partner fährt zu Ramon, der unruhig vor dem Haus steht. Hinter ihm ein riesiges Paket.

»Was ist das denn?«, fragt ihn mein Mann.

»Hoffe es wird euch nicht zu viel. Meine Mama besitzt keine Waschmaschine. Dieses Modell bekam ich supergünstig in Sosua Charamico. Gebraucht, aber fast kein Rost. Bringen wir dieses Wunder der Technik auf deine Ladefläche?«

»Klar doch.« Schon hieven und schieben die zwei kräftigen Männer, morgens sechs Uhr, einen sehr schweren, sperrigen Karton auf den Pick-up. Mit Spannseilen wird das Ding festgezurrt, sodass es unmöglich umkippen kann.

›Hoffentlich kommt das Teil heil in den Bergen an‹, flehe ich innerlich.

Endlich geht die Fahrt los. Freudig kann ich es mir auf der Rückbank gemütlich machen. Mein Partner lenkt, Ramon als Beifahrer, erklärt, wo entlang.

Erst Richtung Sabaneta. Bei der großen Kreuzung, rechts hoch, Fahrtrichtung Jamon.

»Jetzt heißt es aufpassen«, erklärt Ramon.

Moca, la Vega, dann führt die Route nach Santo Domingo. Weiter, bei el Pino müssen wir in krimineller Art und Weise, gefährlich schnell, die Gegenfahrbahn der Autobahn überqueren, um die Schnellstraße zu verlassen. Danach befahren wir die geteerten, nicht perfekten Hauptstraßen. Das Licht–und Schattenspiel verhindert die genaue Sicht. Ab und an sieht mein Partner erst, wenn es schon kratzt und rumpelt, dass da ein Loch, eher eine Grube, im Belag ist. Hinten auf der Rückbank schüttelt es mich, als wäre ich ein Cocktail. Fehlt nur noch die Garnitur im Haar.

»Schatz, ich würde lieber gerührt, als geschüttelt ankommen«, hänsele ich ihn. ›James Bond‹ lässt grüßen.

Weiter geht die Wegstrecke, die uns nach Jina Abajo und danach Richtung piña vieja führt. Erste Pause ist angesagt. Dort treffen wir auf die Mutter von Ramon.

Ramons Mama kommt uns, die Arme hoch erhoben, fast hüpfend entgegen. Zuallererst wird ihr Sohn gedrückt und geknutscht. Dann stellt Ramon uns seiner Mutter vor. Welche Freundlichkeit uns da empfängt. Umarmt, geküsst, an den Händen gefasst und hinterher gezogen.

Ramon und mein Partner entladen den Pick-up.

»Mama, schau, was ich dir für ein Geschenk mitgebracht habe. Deine Schwiegertochter kaufte es extra für dich«, erklärt Ramon.

»Was ist drinnen in diesem großen Paket? Das ist ganz allein nur für mich?«

Sofort wird es ausgepackt. Tränen strömen der alten Frau über die Wangen. Sie weint ungeniert. Dass wir dabei sind, ist ihr egal.

Als sie sieht, um was es sich bei dem Geschenk handelt, fängt sie an zu schreien, sie jauchzt und jubelt.

»Ich brauche niemals mehr die Kleidung in einem Zuber zu waschen? Ich besitze nun eine Waschmaschine.«

Nachbarn eilen herbei, jeder möchte dieses Wunder der Technik ansehen. Keinen Neid sehen wir, nein, eher pure Begeisterung von den Anwohnern. Hier gelten andere Gesetze.

Ganz bestimmt dürfen die Hausnachbarn ihre Schmutzwäsche in dieser Maschine mitwaschen. Gegenleistungen gibt es genügend. Sei es Obst oder Gemüse. Mit feuchten Augen tritt Mama nun zu uns.

»Kommt, kommt, es steht alles bereit«, mit einem Wortschwall führt sie uns auf die Terrasse. Kaum auszudenken, was uns hier erwartet. Die Leute in den Bergen sind nicht reich, es fehlt an manchen Tagen das Nötigste, um sich selbst richtig zu ernähren. Die Mama aber ist gut vorbereitet. Sie wusste, dass ihr Sohn Freunde mitbringt. Den Tisch hat sie bereits gedeckt. Eine Vielzahl an Leckereien erwartet uns.

»Es kommen noch andere Gäste um euch zu begrüßen«, teilt sie uns mit.

Wir trauen uns kaum, hiervon zu nehmen. Mit dem Wissen, wie hier oben die Situation ist, überkommt uns das schlechte Gewissen.

Doch das lässt Mama nicht zu, sie redet mit Dialekt auf ihren Sohn ein, der uns dann das Gesagte übersetzt.

»Greift zu, bitte, ansonsten denkt Mama, sie sei nicht gut genug für euch. Keine Angst, ich bin sofort zurück. Verwandte abholen, die mit uns essen werden«, erklärt Ramon.

Schwupps und weg ist er. Wir sitzen nun allein mit Mama am Tisch. Ich versuche mich mit der Dame zu unterhalten, was sich als sehr schwierig herausstellt. Meinem Spanisch, das ich spreche, muss ihr sehr ›Spanisch‹ vorkommen. Was sie sagt, verstehe ich teilweise. Sie mich auch? Kein bisschen, sie zuckt nur dauernd mit den Schultern. Kurze Zeit später kommen sie. ›Ach du liebes bisschen.‹ Ich schaue meinen Mann an.

»Eine Herde Dominikaner«, meint mein Mann im Spaß.

Alte, Junge, Kinder, Männer, Frauen, Schwestern, Cousinen, Vetter, Schwager und Schwippschwager. Jeder stellt sich mit Namen bei uns vor. Unser Spatzenhirn kann diese Namen niemals alle auf einmal aufnehmen.

Geschwafelt wird. Für uns tönt das, wie wenn man ein Tonband im Schnelllauf rückwärts abspielen lässt. Es wird gegessen. Zurückhaltend bedienen wir uns. Zwei Stunden vergehen im Flug. Ein greiser

Herr möchte uns unbedingt etwas zeigen. Ein anderer hagerer, zäher Kerl will auch mit. Nun wird es eng im Wagen. Ramon setzt sich neben mich nach hinten in den Pick-up, einer der Mannsbilder nimmt den Platz auf dem Beifahrersitz ein. Der Hagere fährt mit einem rostigen Mofa, dessen Motor schon seit Jahrzehnten nicht mehr funktioniert, voraus.

›Was geht denn jetzt ab?‹

Wir befahren einen Feldweg, vorbei an gepflegten Gemüsefeldern.

»Stopp«, schreit der Beifahrer.

Den Befehl auszusteigen, verstehen wir sofort. Was jetzt passiert, haben wir noch nie erlebt. Die dominikanischen Männer beginnen, die Ladefläche vom Pick-up zu beladen.

Kürbisse, Auberginen, Koch- und Essbananen werden mit den Worten verstaut: »Ein Geschenk für euch.«

Der hagere Mann ruft: »Kommt, folgt mir.«

Wir müssen zu Fuß durch ein etwas morastiges Gebiet stampfen. Der Mann bleibt plötzlich inmitten von Kokospalmen stehen. Der Hagere eilt davon.

Gekonnt, in Windeseile erklimmt dieser kleine magere Bursche eine Palme.

»Achtung«, schreit Ramon kurz. Dann bemerken wir, was er meint.

Kokosnüsse fliegen uns um die Köpfe. Massenweise schlägt der Mann nieder. Sämtliches, was auf dem Boden landet, tragen wir nun zum Wagen.

»Eine Aufmerksamkeit für euch«, erklärt uns auch dieser Typ. Wir laufen den Weg zweimal mit voll beladenen Armen. Es helfen alle mit.

»Ramon, sag, warum erhalten wir jegliche Art an Gemüse und Nüssen?«

»Hier in den Bergen ist das so. Die Leute sehen sofort, wer zu den Guten gehört. Ihr zwei gefallt ihnen, das ist alles. Klar, hilft es, dass ihr meine Freunde seid«, schmunzelnd zwinkert Ramon und zu.

Stolz ist er auf die große Verwandtschaft. Das darf er auch sein.

Zurück bei seiner Mama, verabschieden wir uns von jedem Einzelnen. Mama nimmt uns das Versprechen ab, sie wieder zu besuchen.

Endlich dürfen wir uns auf den Weg machen. Auf einem Feldweg geht es nach Fantino. Wir steigen aus, um die Reisfelder, die in Ramons Besitz sind, anzuschauen. Jede Menge Arbeit steckt in diesen Reisfeldern. Ist die Ernte gut, verdient Ramon. Allerdings, wenn sich ein Parasit ausbreitet, ist es ein Verlustgeschäft. Genauso verhält es sich auch, wenn das Wetter in keiner Weise mitspielt. Immense Massen an Regen, zu viel Sonne, von beidem etwas zu viel, ist

schlecht für das Geschäft. Doch dies ist ein Glücks-
jahr. Es sieht so gut aus, dass demnächst mit der Ernte begonnen werden kann. Die Maschine steht bereit
und wartet nur auf ihren Einsatz. Wir knipsen Fotos.
Vorwärts geht es.

Wir besuchen die Reis-Reinings-Verpackungs-
Fabrik. Dort decken wir uns mit dem Reis von
Ramon ein.

»Es ist der Beste«, überzeugt er uns jetzt. Wir kaufen genügend, denn bald ist Weihnacht.

Zum Weihnachtsfest beschenken wir:

1. Unsere Esther.
2. Die Gärtner der Urbanisation.
3. Einige Leute im Armenviertel.
4. Das Wachpersonal.
5. Die Freunde von Santos. (Bringen die Fotos und
den Reis zusammen mit Santos in die Berge, und
zwar bevor das Weihnachtsfest beginnt.)
6. Hanne mit ihren fünfundsechzig Straßenhunden
7. Für unseren Haushalt.

Voll beladen ist der Pick-up. Mit solch einem
Gewicht auf der Ladefläche kämen wir in der
Schweiz wohl nicht weit.

Alleine der Reis wiegt schon fünfhundert Kilogramm.

Das Gemüse und Obst bringt es bestimmt an die
einhundert Kilogramm auf die Waage. Wir, die Mit-

fahrender tragen mit Sicherheit etwas zum Gewicht bei, vor allem die beiden Männer. Armer Pick-up. So treten wir die Heimreise an.

Um siebzehn Uhr erreichen wir glücklich mit vielen unvergesslichen Eindrücken unser zu Hause. Müde, erschöpft und die Beine schwer wie Blei. Jetzt bitte nur noch eine Dusche und ab auf das Sofa.

Als Esther uns sieht, überkommt sie einen Lachanfall.

»Ja, Esther, wir sehen nicht mehr so taufrisch aus.«

Seit jenem Tag fährt mein Partner regelmäßig zur Fabrik.

Zuvor fragen wir unsere Freunde: »Wer braucht Reis, wir fahren wieder zum Reisbetrieb?«

Einige der Freunde halten Hühner. Das Federvieh liebt den Bruchreis. Wir erwerben dort auch den Bruchreis, den wir Hanne spenden für ihre Straßen-Hunde. Der Pick-up ist bei jeder Tour zur Reisfabrik überladen.

Ab und zu ist Ramon, aber auch Bekannte oder Freunde mit von der Partie.

Der große Knall

Es gibt Tage, die möchte ich am liebsten aus dem Kalender streichen. Noch besser, den ganzen Tag im Bett verweilen, Federbett über den Kopf gezogen, Stöpsel in den Ohren um nichts mehr hören zu müssen. Doch, das geht leider nicht.

So beginnen wir diesen Tag wie hundert andere zuvor. Den Kaffee genießen wir an der Sonne, schauen den Kolibris zu, wie diese von Blüte zu Blüte fliegen, den Echsen, die auf der Palisade herumturnen und fleißig Ameisen jagen. Die Hunde, die mit ihren Blicken unsere gefüllten Teller betrachten, in der Hoffnung, dass etwas auf den Boden fällt. Rein zufällig natürlich.

Ich fühle mich etwas unwohl. Eine Grippe oder sonst so ein Virus kursiert im Dorf. Hat dieser ›Käfer‹ mich ausgesucht? Ist es wie schon so oft meine Krankheit, die mir zu schaffen macht? Wasserverlust? Austrocknung des Körpers. Ich möchte nicht daran denken, verdränge jeglichen schlechten Gedanken.

Ich trinke noch eine Tasse von dem schwarzen Gebräu. Mein Partner ist am Packen. Er hat heute ein ausgefülltes Programm. Die Fahrt zur Reis-Farm steht auf dem Plan. Mit einer Bestellliste von

Freunden, die kaum vorstellbar ist. Es werden bestimmt an die fünfhundert Kilogramm Reis sein, die er schlussendlich transportiert. So bereitet er den Pick-up vor. Holzpaletten, Spannset, Abdeckplanen, Gurte und Plastiktüten. Getränke, Brote, Thermoskanne mit Kaffee und Kleingeld, falls die Polizei ihn aufhält. Das erleichtert das Leben oft bei Straßensperren. Die Polizisten betteln nun mal oder versuchen einem ›etwas anzuhängen‹, dass weder Hand noch Fuß hat. Einige Pesos erleichtern vieles. Alles eingeladen die Verabschiedung fällt uns auch nach all den Jahren immer noch sehr schwer. Noch schnell ein Küsschen hier.

»Pass auf dich auf. Melde dich von unterwegs. Fahr bitte nicht zu schnell, ruf mich an«, ermahne ich ihn immer wieder. Am liebsten würde ich mit, jedoch geht das heute nicht. Nach gefühlten Stunden können wir uns trennen, er fährt los. Auf dem Weg zur Reis-Farm wird er einen Freund abholen. Die lange Reise ist einfacher zu bewältigen, wenn man zu zweit ist. Man kann nie wissen, was auf der Straße geschieht. Vor allem in diesem Land.

Erst mal setze ich mich an den runden Glastisch und fülle mir die Tasse noch einmal auf. Ich spüre, ja ahne es sogar - heute ist nicht mein Tag. Es liegt etwas Unbestimmtes in der Luft. Ich hole mein Medikament (Minirin), das ich täglich dreimal einnehmen muss, aus dem umgebauten Weinkühler, der als Medikamentenkühlschrank dient.

Bereits beim Öffnen des Kühlers merke ich sofort, dass dieses Ding in keiner Weise mehr kühlt. Es stinkt nach verbranntem Gummi und verkohltem Metall. Es qualmt leicht hinten aus dem Kühlschränkchen. Den Stecker ziehen, Arzneimittel ausräumen.

Ich möchte vermeiden, dass alle Tabletten jenen grauenhaften Gestank annehmen. Was nun? Die Medizin muss gekühlt aufbewahrt werden. Kühlschrank ist zu kalt, geht nicht. Genau deswegen haben wir uns damals diesen Weinkühler gekauft. Die Temperatur passt genau. Esther weiß Rat.

»In Los charamicos ist ein Mann, der repariert alles von der Waschmaschine, Kühlschrank, Klimageräten und Backöfen. Ich rufe ihn an und frage, ob er vorbei kommen kann«, teilt mir Esther mit.

Schon greift sie nach meinem Mobiltelefon und waltet ihres Amtes. Gekonnt macht sie das.

»Er kommt in zwei Stunden, holt das Teil ab und versucht es zu retten«, lacht sie und zeigt dabei ihre strahlend weißen Zähne.

Der Tag fängt ja gut an. Zwei Stunden warten - das heißt auf der Insel, es kann sich nur um unbestimmte Zeiträume halten. Wird er heute oder erst für mañana eintreffen?

Lassen wir uns überraschen. Es bleibt mir genügend Zeit, der Schmutzwäsche zu Leibe zu rücken. Wo Berge sich erheben ... Frontlader befüllen, starten und abwarten. Nach geraumer Zeit ertönt ein nicht realisierbares Geräusch aus dem Waschraum. Die Waschküche benutze ich nicht allein. Weit gefehlt, die teile ich mit meinem Göttergatten. Auf den vollgestopften Tablaren liegen Werkzeuge, Dinge des nicht alltäglichen Lebens, ein Sammelsurium undefinierbarer Artikel. Teile, die Männer glauben, irgendwann in ihrem Dasein wieder gebrauchen zu können. Schrauben, Muttern, Unterlegscheiben, Gummiteile. Von defekten Luftmatratzen, bis hin zu Hundeartikel, die mir gehören. Auf der gegenüberliegenden Seite, Winterschuhe auf Ablagen, die eine dicke Staubschicht aufweisen. Man kann nie wissen, vielleicht fällt eines Tages Schnee in der Karibik? Schuhe, deren Sohlen dem Zerfall nahe sind.

Alles schon vorgekommen. Da unternimmt man mit Freunden eine Wanderung. Kaum sind wir einige Kilometer unterwegs, löst sich der Wanderschuh in alle Einzelteile auf. Welch eine Blamage. Typisch Schweizer.

Zuvorderst in der Kammer steht der zweite Kühlschrank. In jenem bewahren wir die Getränke und die Hundemedizin auf. Nicht zusammen, niemals. Die Hundemedizin ist in einer Kühltasche fein säuberlich beschriftet, dass man im Notfall weiß, wie man behandeln muss. Notfallset, im Falle dass einer der Hunde Rattengift erwischt.

Nun gehe ich dem Geräusch auf den Grund. Es kann nur von der Waschmaschine herführen. Diese gibt Klopfzeichen.

»Ist da wer eingeschlossen«, lache ich erst noch.

Auch das noch. Die Trommel dreht sich kaum mehr, ein Geruch breitet sich aus. Ich möchte die runde Glastür öffnen. Die Wäsche schwimmt in der Schmutzlauge, die Tür lässt sich partout nicht öffnen. Stehe da und muss wohl etwas verdattert durch das Glas geguckt haben. Was soll ich tun?

Esther erscheint in der Türangel: »Der Mechaniker kommt demnächst, der kann doch dieses Teil auch gleich anschauen und sicherlich reparieren«, tröstet sie mich.

Erst eine Tasse Kaffee, kaum sitze ich bequem, klingelt das Handy. Mein Mann.

»Alles Okay bei dir? Bin soeben auf der Reis-Farm angekommen«, erzählt er weiter. »Was ist los? Du bist doch sonst nicht so schweigsam?« Merkt er etwas?

»Alles ist in bester Ordnung. War nur eben in der Waschküche. Mach dir keine Sorgen. Pass gut auf dich auf und lass dir Zeit auf dem Nachhauseweg«, antworte ich so gefasst wie nur möglich. Das Gespräch beende ich erfolgreich.

Es bleibt mir wohl nichts erspart heute. Ein Knall erschüttert die Terrasse. War das der Urknall? Zehn Meter von unserem Haus entfernt steht der Strommast. Es blitzt dort, als sei Silvester. Ein Blitzgewitter der besonderen Art. Die Erde unterhalb des Mastes verbrannt. Leitungen schmelzen, es stinkt. Eine Sicherung ist durchgeknallt.

Der Nachbar schreit: »Ein Kugelblitz rast über den Rasen.«

Hatte der Grundstücksnachbar schon zur Morgenstunde zu tief in sein Glas geguckt. Von einem Kugelblitz war weit und breit nichts zu sehen. Stromausfall ist das Resultat.

Die Vierbeiner beginnen zu schlottern. Bonita, die Bernersennendame möchte unbedingt auf meinen Schoss. Es ist die heiße Jahreszeit. Fünfunddreißig Grad, da verträgt Mann / Frau so einen Pelz sehr gut. Vor allem kleben die Haare, die die Dame durch die Angst verliert, so super auf meinen nackten Beinen und Armen. Ich muss ausgesehen haben wie ein Neandertaler, denn Esther lacht sich krumm. Anfangs sieht sie mich kaum, erst auf den zweiten Blick, da Bonita mich total abdeckt.

Ein siebenunddreißig Kilogramm schwerer, schwarz-braun-weiß behaarter Hund. Ich bin in Fell gehüllt. Und das im Sommer ... so ein Pelzmantel, der komplette Hochgenuss ...

Bonita macht keine Anstalten, mich zu verlassen. Sie schlottert und zittert. Hechelt mich an, Mundgeruch lässt nicht lange auf sich warten. Sardinen füttern, eine gute Idee von uns. Sie drückt sich immer fester an mich heran mit ihrem Gewicht. Es ruft jemand an der Pforte. Schwupps, Bonita springt von mir runter, nicht ohne ihre Krallen als Sprunghilfe auf meinen Oberschenkeln einzusetzen. Ich enthaare meine Beine regelmäßig, was mir nun keiner mehr glaubt. Jetzt steht noch der fremde Mechaniker vor mir und ich schäme mich in Grund und Boden. Der erste Eindruck zählt, geht es mir durch den Kopf. Was denkt das Mannsbild bloß? Ich sei ein Messie? Ich könne mich niemals von meiner Haarpracht trennen?

›Die Frau kann im Zirkus auftreten, als das Haar-Monster‹, vermutet der Fremdling bestimmt.

Kein Wasser im Haus? Ich überlasse den Mann Esther und verkrieche mich mit den Hunden in den Garten. Esther wird es schon richten. Abermals ruft es von der Pforte her. Das darf doch nicht wahr sein. Bin ich denn heute vom Wahnsinn umzingelt?

Der Typ von Delanzer, der die Fernsehgebühren einkassiert, schreit sich die Seele aus dem Hals.

»Ja, ja ich komm doch schon«, rufe ich zurück und greife meinen Geldbeutel, bewege mich gemächlich gegen den Wind gerichtet zum Gartentor. In der Hoffnung, der Luftstrom bläst mir die Hunde-Behaarung vom Körper. Schnell bezahle ich schweigend und schleiche zurück zur Wiese.

Esther, die Perle erscheint, klärt mich schmunzelnd auf: »Den Weinkühler muss der Monteur mitnehmen. Die Waschmaschine funktioniert wieder. Da im Moment ein Stromausfall herrscht, kann er diese nicht ausprobieren. Die Maschine ist total verkalkt. Er hat sie gereinigt und die Wasserzufuhr geputzt. Dafür bekommt der Installateur achthundert Pesos«, endet Esther.

Das vergüte ich doch gerne mit Trinkgeld, denn man weiß nie, wann man wieder einen guten Fachmann gebrauchen kann. Endlich fährt meine bessere Hälfte vor. Pick-up überladen. Sofort erkennt er, dass ich etwas geschafft im Liegestuhl herumlümmele. Immer noch haften vereinzelte Hundehaare auf meinem Luxuskörper. Lacht er da insgeheim? Ich sehe tatsächlich, dass er seine Mundwinkel verdächtig hochzieht. Na, warte. Erst mal lass ich ihm eine Atempause zukommen. Die Reise ist immer sehr anstrengend. Kinder, Frauen, Männer, Mofas, Hühner, Kühe, Schweine verweilen auf den Fahrbahnen. Jedes Mal ein Höllentrip. Doch nun ist er da und erzählt, wie es ihm ergangen ist. Danach berichte ich von diesem Tag, den ich aus meinem Kalender streichen möchte.

Kehrt jetzt Ruhe ein? Mitnichten. Das Telefon klingelt abermals. Der Verwalter ist am anderen Ende der Leitung.

»Wir müssen damit rechnen, dass es heute keine Elektrizität mehr gibt. Die Beleuchtung wird dunkel bleiben. Bitte im Haus Kerzen bereithalten. TV, Computer, Radio - es wird nichts in dieser Nacht funktionieren«, erklärt er.

Ein solcher Abend kann langweilig sein. Kein Kartenspiel mit meinem Partner, nichts zu lesen, keine Musik. Man sitzt die Zeit einfach ab. Was unternahmen denn unsere Großmütter früher? Wie verwöhnt wir im heutigen Zeitalter geworden sind.

»Im Dunkeln ist gut Munkeln. Machen wir doch das Beste aus dieser Situation ...«

Kleider- und Schuheinkauf

Nachdem mein Partner sich nun mit den verschiedenen Gemüsen, Kräutern und Früchten der Insel auskennt, bekocht er uns mit immer mehr Köstlichkeiten. Natürlich musste ich den Job des ›Verkosters‹ übernehmen, was sich nach einigen Wochen auf der Waage bemerkbar macht. Ich sehe nur, wie der Zeiger immer weiter nach oben schnellt. Meine Brille möchte ich nicht aufsetzen, nein, ich will es nicht wissen.

Jedoch spüre ich es unweigerlich beim Ankleiden. »Die Jeans passen nicht mehr«, jammere ich bei meinem Mann.

»Zu heiß gewaschen«, tröstet er mich. Ich sehe ihn nur noch grinsen, als er das Weite sucht.

Es bleibt uns gar nichts anderes übrig, als nach Puerto Plata zu fahren. Shoppen gehen, wunderbar. Welches Frauenherz schlägt da nicht höher? Vor allem, wenn man weiß, was man hier an Schuhmodellen vorfindet. So etwas erhält man in Europa erst in zwei drei Jahren.

Wir beschließen diesen Einkauf morgen zu tätigen, denn auch bei meinem Mann ist der Bauchumfang gewachsen. Harmlos ausgedrückt.

Er nennt es: »Du wolltest immer einen Mann mit viel Spektrum.«

Kaum ist Esther erschienen, fahren wir los. Es ist keine Weltreise bis nach Puerto Plata. Trotzdem sieht man so einiges, was uns immer wieder staunen lässt. Meine Kamera stets zur Hand … denn Frau kann ja nie wissen …

Vorbei am Flughafen, dem wir nur einen kurzen Blick zuwenden, gleichzeitig, aus einem Munde die gleichen Worte aussprechen: »Zum großen Glück müssen wir nicht dort anstehen und auf den Flieger in die Schweiz anstehen.«

Ein riesiges Zuckerrohrfeld links und rechts der Straße. Arbeiter, die meisten Haitianer, schneiden dieses Gewächs. Wer schon einmal eine solche Pflanze in den Händen hielt, der weiß, man kann sich unschön die Hände aufschürfen. Mühsam wird jeder Pflanze einzeln mit der Machete zu Leibe gerückt. Nicht auszudenken, was dort in diesem Feld sonst noch alles herumkrabbelt oder schleicht? Schlangen?

Weiter geht es. Der Geruch verrät sich, wir wissen, dass wir nun bald an der Rumfabrik vorbeifahren.

Die durften wir bereits mit einem dominikanischen Freund besichtigen. Wo sonst nur Gruppen herumgeführt werden, erhielten wir zwei eine Privatführung mit anschließender Degustation. Ich rufe mir diese Erinnerung zurück und sofort überfallen mich wieder diese Kopfschmerzen, die mich danach Tage lang verfolgten. Rum trinke ich heute keinen mehr, nein, ich laufe weit weg.

Das quirlige Vorstadtquartier der Stadt Puerto Plata ist erreicht. Ein sagenhaftes Straßenchaos, das gewöhnungsbedürftig ist, empfängt uns.

Um zu den Kleidergeschäften zu gelangen, müssen wir mitten durch den regen Verkehr hinein in das Zentrum von Puerto Plata. Rasch gewöhnt er sich an die dominikanische Fahrweise. Hupen, fahren, hupen.

Auf Anhieb findet er mein Lieblingsgeschäft und sucht eine Parkgelegenheit. Wir steigen aus und nichts wie hinein in das Shopping Paradies. Als Erstes sieht man Schuhe. Modelle, die ich noch nie zuvor gesehen habe. Dominikanerinnen lieben hohe, schmale Absätze. High Heels.

Es ist mir ein Rätsel, wie es die Dominikanerinnen schaffen, mit dem Schuhwerk auf den hiesigen Straßen elegant herum zu trippeln. Ich versuchte es einmal, festgekrallt an meinem Mann, ansonsten wäre ich wohl kläglich gestürzt. Trotzdem schaue ich mir unermüdlich diese schönen Schuhe an.

»Wir möchten Kleider kaufen, Schatz. Du besitzt Schuhe. Modelle in jeglicher Farbe und Form, sogar mit unterschiedlich hohen Absätzen«, tönt es ungeduldig neben mir, da ich mich zu lange bei den Traummodellen aufhielt.

Wahre Worte vonseiten meines Gatten. Jeans, T-Shirt, Röcke und figurbetonende Klamotten müssen wir einkaufen.

Die Anprobe der ausgesuchten Kleider wird erschwert durch die Enge der Umkleidekabinen und der fehlenden Kühlung im Laden.

Mühsam, wenn die Stoffe am Körper kleben. Es dauert länger, bis ich die passenden Sachen entdecke. Geduldig wühle ich mich weiter durch die überfüllten Regale. Erfolgreich, wie ich unschwer bei der zweiten Anprobe bemerke.

Glücklich, dass die Sucherei produktiv endete, suche ich nach meinem Mann. In der Herrenabteilung steht er. Mit Kleiderbergen, die er auf den Armen herumschleppt.

»Ich zwänge mich mal in die Kabine, in der Hoffnung, dass die Shorts wie angegossen sitzen«, teilt er mir verschwitzt mit.

Dann stehe ich vor der Umkleidekabine und warte, bis er herauskommt und zeigt, was er ausgesucht hat.

»Suchst du mir ein T-Shirt in der Größe XXL, das ich zu den bunten Shorts anziehen kann«, ruft er genervt aus der Ankleidekabine.

›Nachthemden‹, denke ich hinterlistig bei mir, ›gibt es in einer anderen Abteilung.‹

»Klar.« Sofort wühle ich mich durch die Berge an Herrenhemden und Poloshirts. Endlich finde ich welche, die meinem Partner gefallen könnten in der verlangten Größe. Ich überlasse ihm den Fundus an Oberteilen. Wuchte diese über die Umkleidetür und verharre vor der Kabine auf eine Reaktion. Es bleibt mucksmäuschenstill. Keine Rückmeldung. Nach Minuten öffnet er die Tür.

Es taucht ein proper gekleideter, zufriedener Mann auf. Er lächelnd strahlend, modellgleich dreht er sich gekonnt und verschwindet wieder in der Kabine.

»Gekauft«, kommt ein freudiger Ausruf aus der Umkleide. Die Verkäuferinnen schienen erleichtert. Was wir genauso dringend benötigen, Flip - Flops. In diesem Geschäft jedoch unauffindbar.

Die Schlange der anstehenden Personen, die ihren Einkauf bezahlen möchten, ist lang. Unsere Geduld wird auf eine harte Probe gestellt. Das Kleidergeschäft ist gut frequentiert. Warum das so ist, merken wir, als die Kassiererin unseren Berg Kleider einscannt und wir am Sichtfensterchen der Kasse den Gesamtbetrag ablesen.

Mein erster Gedanke, die gesparten Pesos in Schuhe zu investieren? Der geniale Einfall behagt meinem Mann absolut nicht. Seine zündende Idee teilt er mir sogleich mit.

»Wir shoppen regelmäßiger.«

Die verzweifelte Suche nach Flip-Flops geht weiter. In der Auslage eines Ladens in einer Seitenstraße sehen wir welche. Mein Partner lebt auf großem Fuße, Schuhnummer 45 ist erforderlich. Bei mir erweist sich die Suche ebenso schwierig. Ein Überbein ist unschön, führt zu dem Problem, dass die Schuhe, die mir gefallen, nie und nimmer passen.

Wir treten gemeinsam in das Schuhgeschäft ein, sofort eilen eine Verkäuferin und ihr Kollege herbei, um uns hilfreich zur Seite zu stehen.

Beide sind sehr nett. Alle unsere Wunschschuhe bringen die Zwei in den vorhandenen Größen vorbei. Keines der herbeigebrachten Modelle passt meinem Mann. Bei dem einen Paar Flip-Flops findet die Ferse keinen Platz, das andere Paar löst sich bereits beim Anprobieren in sämtliche Einzelteile auf. Die Verkäuferin versucht, Geduld zu bewahren. Verschwindet für kurze Zeit, eilt kurz darauf mit Stapeln an Kartons herbei. Sie deutet meinen Mann, er müsse sich hinsetzen. Dann öffnet sie die Behältnisse und Turnschuhe kommen zum Vorschein. Sportschuhe in den unmöglichsten Farben und Formen. Ein Markenprodukt ›Converse - Sneakers‹, ideal für junge Leute.

Können Sie sich vorstellen, dass Ihr Mann in pink-farbenen, mit hellgrünen Punkten versehenen Turn-schuhen in die Stadt geht?

Mein Mann nicht. Sein Kommentar: »Bin ich eine Leuchtreklame? Eine wandelnde Lichtfasssäule?«

Mein Schuhkauf endet in einer Katastrophe. Eine Frau, die keine passenden Schuhe findet, ist übel. Die schlechte Laune ist vorprogrammiert.

Ich versuche mein Glück, zweckmäßige Flip-Flops einzukaufen. Meine Beeinträchtigung ist die Fuß-form. Der Störenfried nennt sich Hallux.

Das Überbein passt in keinen einzigen der ausge-wählten Flip-Flops. Der Knochen steht über den Soh-lenrand hinaus, touchiert schmerzhaft den Boden-belag. Die Haut am Fuß wird aufgeschürft. Es sieht unvorteilhaft aus, wenn man hübsche Kleidung anziehen möchte. Es gibt keine passenden Schuhe in Schuhgröße 45 für meinen Mann.

Die Verkäufer im Schuhgeschäft verlieren die Geduld. Der eine witzelt zur Kollegin: »Schiffe kön-nen die Gringos im Jachthafen kaufen.«

Mutmaßt er, wir verstünden nicht, was er zur Kol-legin lästert? Beide grinsen uns frech ins Gesicht und möchten den Verkauf weiterführen.

Wenn jemand über meinen Partner lästert, sehe ich dunkelrot.

Ich starte zum Gegenangriff.

»Können sie uns erklären, wie wir zum Hafen gelangen? Wir gehen mal schauen, was für schöne Schiffe, Boote, Jachten wir dort erstehen können«, lächle ich die beiden perplexen Verkäufer an. Was für eine Wirkung ich mit den Worten erziele. Übertrieben zuvorkommend behandeln die beiden uns ab dem Moment. Das wir auf der Schleimspur nicht ausrutschen, ist ein wahres Wunder. Wir begeben uns zum Ausgang. Die Schuhe tragen uns die Angestellten des Geschäftes bis auf die Straße hinterher. Mit einem Wortschwall von Entschuldigungen.

»Sie erhalten Prozente, bleiben Sie. Dürfen wir ihnen die neusten Modelle zeigen?«

Wir bedanken uns liebenswürdig und verschwinden rasch in Richtung Parkplatz. In den Sträßchen und Gässchen reiht sich ein Laden an den Anderen. Bunte Stoffe, Kleider, Möbel und Taschen stehen zum Angebot. Einen schummrigen Shop finden wir versteckt in einer Seitenstraße. Das Schaufenster bietet keinen Einblick in das Innere des Ladens. Neugierig betreten wir den Raum und stehen überfüllten, unübersichtlichen Gestellen gegenüber. Da Stromausfall herrscht, tasten wir uns Regal für Regal vorwärts. Endlich stöbern wir das auf, was wir den ganzen Morgen über suchten. Turnschuhe, Flip-Flops und Sandalen.

Wir decken uns mit je zwei Paar ein, mit dem Wissen, das die nächsten Tage alles ausverkauft ist. Auf der Insel ist das gang und gäbe. Einkaufen, anprobieren, herumhetzen, schwitzen, die ungewohnte Verhandlungsweise, die fremde Sprache, das macht uns alles zu schaffen. Durstig, genervt und müde besprechen wir, wo wir den Durst löschen können. Die eindrucksvolle Strandpromenade der Malecon de Puerto Plata ist in unmittelbarer Nähe. Einen Abstellplatz für den Pick-up finden wir in Sichtweite. Es ist notwendig, das Auto im Blickfeld zu parken. Aufbrüche an Wagen sind alltäglich.

Diverse Bars direkt am Meer, säumen den Malecon. In einer der Bars lassen wir uns nieder und genehmigen uns einem kühlen Drink. Ein eindrucksvoller Ausblick auf das unruhige, schäumende Meer, gleichzeitig eine wohltuende Brise, die uns erfrischt. Mit dem eiskalten Getränk in der Hand beobachten wir die Dominikaner beim Dominospiel.

Die Straßenverkäufer

Oft kommt oft, aber unverhofft. Besucher oder Feriengäste, die eine Stippvisite bei uns machen möchten. Wir kennen die zwei Personen nicht wirklich. Sie weilen zur Ferienzeit bei der Schwester von Lisa. Der Gedanke geistert schon seit Längerem in deren Köpfen herum. Sie würden gerne auswandern. Sie holen Informationen bei jeweiligen Freunden und Bekannten ein.

Ein kurzer Anruf mit der Mitteilung.

»Wir kommen kurz vorbei, um euch zu begrüßen.«

So rasch heißt dann letztendlich bis zu vier Stunden Sitzleder. Der Gesprächsstoff wird händeringend gesucht. Unsere und ihre Interessen ähneln sich in keiner Weise. Vier Stunden können da zur Nervenprobe ausarten. Das Wetter wird diskutiert, die Hunde, die Pflanzen und die Kochrezepte vom Partner buchstäblich durchgekaut. Bis sie dann endlich den wahren Grund ihres Besuches erwähnen.

»Welche Region würdet ihr uns empfehlen, um ein Haus zu kaufen? Zu was für Preisen? Was ist alles zu bezahlen? Wie kostspielig ist das Leben auf dem Eiland in Wahrheit? Die Elektrizität, Telefon/Internet, Krankenkasse, Autoversicherung? Wie erhalten wir die Niederlassungsbewilligung? Der Unterhalt von

Villa und Garten, Angestellte, Steuern?« Fragen über Fragen prasseln auf uns ein.

»So einfach lässt sich das nicht in drei Worten erklären. Es kommt immer auf die Ansprüche an«, weichen wir geschickt aus.

»Sagt schon, was würdet ihr uns empfehlen?«

»Wie gesagt, wir sind einfach gestrickt. Geben uns mit wenig zufrieden. Brauchen nicht jeglichen Luxus. Die Insel haben wir ausgesucht, nachdem wir oft unseren Urlaub hier verbrachten. Die Natur ist traumhaft. Das Wetter und Klima gefällt uns. Das Umfeld ist für uns wesentlich.«

Das kann Klaus jetzt gar nicht begreifen. »Fühlt ihr euch nicht einsam? Vermisst ihr nicht das Kulturelle? Theater, Kino, Lesungen?«

Meinem Partner wird das alles langsam etwas zu viel.

»Wir leben hier glücklich. Theater können wir selbst veranstalten oder wir sehen die Vorführungen unserer Vierbeiner. Konzerte? Ja, die gibt es in Sosua und Cabarete. Zu den Reichen gehören wir nun mal nicht. Die fliegen mit dem eigenen Helikopter oder Learjets auf einen Kurztrip nach Santo Domingo oder Casa de Campo in La Romana. Dort treten unter anderem Michael Jackson, Madonna, Julio Iglesias und einige mehr auf. Unser Geldbeutel, sowie unsere Kleidung passen da nicht hin. Die Entscheidung liegt in euren Händen, Nord - Südküste, alles eine winzige Preisfrage. Hunderttausend oder Millionen.«

Ein Schweigen, ein gefährliches Schweigen macht sich breit. Ich höre Schmeißfliegen pupsen und das will etwas heißen.

»Würdet ihr so nett sein und uns morgen etwas von der nächstliegenden Stadt zeigen?«, verabschieden sich Klaus und Lisa.

»Klar, die erkunden wir mit euch beiden gerne. Acht Uhr beim Bäcker Moser?«

Abgemacht mit einem Handschlag, der mich buchstäblich vom Hocker wirft. Pünktlich, wie wir Schweizer sind, stehen wir um acht Uhr vor der Bäckerei. Warten ungeduldig. Mit einer knappen halben Stunde Verspätung erscheint das Paar mit Schwester. Frisch gewaschen und gebügelt.

»Einsteigen bitte, die Reise beginnt.«

Klaus setzt sich wie selbstverständlich auf den Beifahrersitz. Lisa, Anita, deren Schwester und ich teilen uns die Rückbank. Was wir nicht wussten, Klaus entpuppt sich als Quasseltante. Er labert dauernd und ohne Pause. Lässt uns an jeglichen seiner Gedanken teilhaben.

Das klingt ungefähr so: »Schau mal den Baum. Ach, dass die Menschen hier alle so dunkelhäutig sind, fällt mir erst jetzt auf. Guck mal die Kuh, das

Gras, ist das nicht herrlich grün. Hast du den Wagen gesehen? ... Blablablabla.«

Die komplette Fahrt über. Wie anstrengend es ist mit einer solchen Unterhaltung sich auf den Straßenverkehr zu konzentrieren. Mofas überholen links und rechts, Fußgänger, die plötzlich die Fahrbahn betreten. Kühe oder Pferde, die einem Bauern ausgerissen sind, die Freiheit suchen auf der Straße. Dabei wird mein Gatte zu gelabert. Er sieht nur eine Möglichkeit, den Schwätzer zum Schweigen zu bringen. Ordentlich auf das Gaspedal drücken. Siehe da, ER schweigt, drückt sich in den Sitz, wird blass und schließt die Augen, um nicht mitzubekommen, wenn es knallt. Lisa meldet sich zu Wort. Jetzt, wo ihr Göttergatte endlich die ›Klappe‹ hält, muss sie etwas loswerden, die Arme.

»Was sind denn das für Männer, die da am Straßenrand stehen? Bei jeder Ampel ist mir das aufgefallen.« Den einen sieht Lisa sofort in Aktion. Die Ampel zeigt rot. Darüber hängt eine Tafel, die in großer Leuchtschrift die Sekundenanzeige der roten Phase anzeigt. Burschen nutzen die Zeitspanne, bis die Verkehrsampel wieder auf Grün schaltet. Die einen rasen mit Eimer und Schwamm von Auto zu Auto, um die Windschutzscheibe zu verschmieren. Denn sauber kann die mit dem Schmutzwasser niemals werden. Da gibt es nur eines. Scheibenwischer einschalten. Zu Beginn unserer Zeit auf der Insel ließen wir die jungen Männer putzen. Ein oder zwei Pesos in die Hand gedrückt und weiter ging die Fahrt. Der Geldbeutel merkte rasch, Puerto Plata besitzt viele Ampeln und immer mehr arbeitslose Jugendliche. Lisa meldet sich wieder.

»Was verkauft der Mann dort?«

Ich erkläre Lisa, was hier angeboten wird.

»Nüsse, Handykarten, Handyhüllen, Lose, Obst, Zeitungen von letzter Woche, Schuhe, Sonnenbrillen und Zuckerrohr«, ende ich ausgepowert. Es dauert keine zehn Minuten, da beginnt Lisa von Neuem, mich zu löchern.

»Was vertreibt denn dieser dort?«

Mein Gatte erbarmt sich meiner und erlöst mich. Spontan erklärt er, was der Bursche anbietet.

»Eine Handvoll EISWÜRFEL, liebe Lisa.«

Ich kann mir kaum ein Grinsen verkneifen und schaue stur aus dem Seitenfenster. Bald werde ich mein Lachen nicht mehr zurückhalten können. Ich muss mich zusammenreißen, dass ich nicht hinauspruste.

Lisa versteht nicht, dass es unter der karibischen Sonne bei der Gluthitze unmöglich ist, Eiswürfel zu verkaufen.

»Wie fabelhaft zweckvoll ist das. Was für eine grandiose Geschäftsidee. Eine Abkühlung, die man bis zum Wagen bringt.«

Die Jungs stehen von morgens bis abends an der Hauptstraße, der direkten Sonnenstrahlung ausgesetzt, mit Eiswürfeln in der Hand? Das kann unter keinen Umständen funktionieren. Merkt sie den Witz nicht? Anita begreift den Scherz als Erste, lacht los.

»Das ist typisch dein Mann«, Elena. Die Schlagfertigkeit und sein Humor haben mir schon immer gefallen.«

Lisa registriert, dass sie veräppelt wurde. Eingeschnappt sitzt sie zwischen uns.

Klaus kann den Schabernack nicht begreifen und schweigt. Er muss wahrscheinlich erst die Gedanken sammeln.

Den Stadtbummel setzen wir trotz alldem fort. Lustig wird es, als Klaus auf dem Fischmarkt die Händler nach Herkunft, Fangmethode, Sorten, Gattungen, Männchen und Weibchen befragt. Und alles ohne Spanischkenntnisse. Nur mit Gestik, Mimik, Händen und Füssen. Schade das ich die Filmkamera nicht mit eingepackt habe. Die Fotos sagen nicht aus, denn hier macht der Ton die Musik.

Kaum sitzen wir alle wieder im Wagen, kommt die nächste Attacke auf uns zu. Häuser Besichtigungen sind angesagt. Unterschiedliche Anlagen besichtigen wir. Villen, die man um die Hundertfünfzigtausend Dollar erstehen kann. Andere, die eher Schlösser, Burgen oder Prunkbauten ähneln. Für eine Woche Miete bezahlt man gut und gerne dreitausend Dollar. Butler, Reinigungskraft und Köchin kosten extra.

»Möchtet ihr Landanteil oder Garten? Hausgröße? Sicherheit? Schwimmbad? Urbanisation oder Wildnis? Berge oder vielmehr die Nähe zum Meer? Überlegt es euch gut. Es ist eine Entscheidung, die man nicht so rasch wieder rückgängig macht. Wir alle werden nicht jünger. Eine gute Zufahrt ist maßgebend. Der Entschluss liegt bei euch, wie viel ihr auszugeben möchtet«, entlassen wir die Drei bei der Bäckerei gegen achtzehn Uhr.

Jetzt schnell nach Hause, die Dusche wartet. Zuerst erleben wir den üblichen Überfall der Hunde. Regelrecht überrannt werde ich. Von Kopf bis Fuß abgeleckt, könnte ich mir jetzt die Brause sparen. Danach setzen wir uns an die Sonne und lassen den Tag noch einmal im Geiste vorüberziehen. Gemeinsam lachen wir ab der spontanen Einlage von meinem Partner.

»Da hast du ja die nächste super Geschäftsidee geschaffen. Eine Handvoll Eiswürfel am Straßenrand den vorbeifahrenden Dominikanern verkaufen ... was für ein Witz.«

Monate später erfahren wir von Lisa und Klaus, dass sie sich für ein Haus in direkter Nachbarschaft entschieden haben. Der Umzugstermin steht bereits fest.

»Am Tag ihres Einzuges füllen wir ihren Pool mit Eiswürfel auf«, lachen wir.

Die Erscheinung des Heiligen Herz Jesu (Saga, Kuriositäten)

Zweimal die Woche kümmern wir uns um die Straßentiere. Pflegen verletzte, verlauste und ausgehungerte Hunde und Katzen. Am Abend zuvor kocht mein Gatte für die Straßenhunde. ›Reis oder Nudeln vermischt mit Hühnerinnereien.‹

Die Kühltasche steht bereit mit der nötigen Medizin wie Parasitenmittel gegen Würmer, Zecken und Flöhe. Verschiedene Salben, Shampoo, Verbandstoff und blutstillende Mittel. Das Notfallset, falls wir wieder auf einen Hund treffen, den man mit Rattengift gefüttert hatte. Dienstag und Freitag fahren wir morgens in Richtung ›Camion del Sol‹ und ›Vera Larga‹. Die Vierbeiner erkennen schon das Motorengeräusch unseres Wagens. Sie kommen angerannt, lassen uns kaum aus dem Auto steigen. Was für eine Lebensfreude sie trotz ihrer Leiden ausstrahlen. Wie sie uns anspringen, begrüßen und vertrauen. Hunde, die es nicht gewohnt sind, dass man sie mit Streicheleinheiten begrüßt. Mit knurrendem Magen auf der Suche nach Nahrung und erpicht auf Liebe. Das Wetter ist gegen uns. Es gießt ununterbrochen wie aus Kübeln. Das hält uns nicht davon ab, die Fellnasen zu behandeln.

Kurz vor dem Haus von ›Verena‹ kommt uns ihre Tochter winkend entgegen. Ihr Hund bedarf unserer Hilfe. Zum Glück können wir den Vierbeiner bei ihr auf der Terrasse, geschützt vom Regen, behandeln. ›Verena‹ überredet uns auf der geschützten Terrasse abzuwarten, bis der Regen nachlässt. Gerne nehmen wir ihr Angebot an. Wir kommen ins Gespräch, wie so oft. Doch heute erzählt sie uns von einer Saga - Legende, die vor Jahren Geschichte schrieb.

Einer Erscheinung, die für uns kaum nachvollziehbar ist. Ein Herz Jesu, das urplötzlich an einem Baumstamm zu sehen ist.

Nachdem der Regen etwas nachgelassen hat, beenden wir die Tour bei den fünfundsechzig Hunden und fahren nach Hause. Nun ab unter die Dusche.

Jedoch lässt die gehörte Geschichte mir keine Ruhe. Ich setze mich an den Computer, und beginne zu recherchieren. Dabei finde ich folgenden Artikel:

›Am 29. Mai 2003 versammeln sich Dutzende katholische Gläubige im Dorf La Vigía (Dajabón). Neugierige gesellen sich dazu. Es handelt sich hierbei um ein Bildnis des Heiligen Herzens Jesu, das in einem Stamm eines Mandelbaumes zu sehen ist.‹

Ein heiliges Bild - das Herz von Jesu? Von jetzt auf gleich? Urplötzlich ist es wie eingebrannt in den Baumstamm?

›Die Gläubigen beten den ganzen Nachmittag bis spät in die Nacht. Huldigen diesem Wunder, jener Erscheinung. Stellen Kerzen und sakrale Bildnisse vor diesen Baum. Zwei sehr Gläubige, Pablo P. und Arciadio A., halten es für ein Zeichen Gottes, einen gesegneten Ort.

Diese Erscheinung, das Wunder, jenes Bildnis wurde von einer Gruppe Kinder entdeckt. Die spielten im Garten des seit Jahren leeren Hauses.

Damals erzählte die Eigentümerin des Hauses, Areisi Rodriguez de Gracia:

»Mein Sohn hat dieses Bild schon vor Monaten entdeckt.« Doch sie wollte keinen Rummel oder gar eine Attraktion daraus machen. Es sollte ihnen allein zugänglich bleiben. Sie wollte es nicht publik machen, um zu vermeiden, dass sich Heerscharen und Neugierige hier versammelten.

Keine Reporter, Fotografen, Händler. Personen, die mit diesem Wunder Geschäfte machen wollten. Es sollte ein heiliger Ort bleiben.

Doch leider wurde dieses Herz gefunden von eben diesen Kindern. Sie konnten es sich nicht verkneifen, ihren Eltern zu erzählen, was sie gesehen hatten. Quelle: El Caribe.‹

Persönlich sahen wir jenes Herz im Stamm des Mandelbaumes nie. Mancherlei wird davon berichtet. Ob wir daran glauben, das sei dahingestellt.

Spannend finde ich diese Erzählungen - ohne Frage. Mein Partner langweilt sich nicht, wenn wir stundenlang im Bario sitzen oder bei den Straßenhunden unterwegs sind. Er erkundigt sich über die diversen Pflanzen, welche er bestimmt Tage später in unserem Garten einbuddelt. Unser dominikanischer Rottweiler macht einen Sport daraus, das frisch Gepflanzte sofort wieder auszubuddeln. Natürlich mir danach dieses vor die Füße legt. Ein gut gemeintes Geschenk.

Wir beide leben unsere Hobbys aus. Mein Mann mit der üppigen Flora, und ich höre sehr gerne den Personen zu. Ich lerne aus deren jahrelangen Erfahrungen. Gesammelte, gut gehütete Geschichten oder nennen wir es ›Vorfälle‹, die weitergegeben werden. Vor allem daran festhalten und fest daran glauben, dass alles genau so geschehen sein muss und ihre Urtümlichkeit damit bewahren. Stundenlang sitze ich mit Papier und Bleistift im Bario. Zuhören und notieren, bis die Finger wund sind.

Zusammengetragen, vieles besucht, einiges gesucht, anderes nicht gefunden. Vieles wurde nicht erwähnt und beiseitegelegt. Weiterhin halte ich meine Augen und Ohren offen. Alles, was mir zugetragen wird, schreibe ich auf, mit dem Hintergedanken, eines Tages ein Buch darüber zu schreiben …

Die Zigarrenfabrik

Oft im Hochsommer, wenn die Hitze kaum mehr auszuhalten ist, setzen wir uns in Cabarete an den Strand. Frühzeitig fahren wir los, damit wir auf dem bewachten Parkplatz einen Schattenplatz ergattern können. Dem Wächter drücken wir einige Pesos in die Hand. Die stark befahrene schmale Straße überqueren wir und schlendern an den zahlreichen Souvenirläden entlang.

Mehrfach werden wir angesprochen.

»Heute alles billig. Aktion drei für zwei. Happy Hour.« Die üblichen Redensarten in deutscher Sprache. In solchen Momenten verstehen wir keinen Schluck spanisch. Durch eine schmale Gasse gelangt man zum Kilometer langen Sandstrand. Zur Rechten reihen sich Bars und Restaurants aneinander. Jeder möchte das beste Tagesgeschäft erzielen. Bis weit in den Sand hinaus stehen Tische und Stühle. Dann beginnt der Abschnitt mit den Liegestühlen, die man an Touristen tageweise vermietet. Erst darauf folgt ein Streifen Playa. Etliche Jogger und Kinder, die im Sand spielen, ihre freie Zeit am Strand verbringen. Spätestens bis um sechzehn Uhr muss man einen Tisch ergattern, bevor die Sportbegeisterten die Playa mit Beschlag belegen. Wir Glücklichen sehen den letzten freien Tisch. Jener mit den bequemen Rattan Stühle. Weiche Kissen, Polster auf den Sitzplätzen, da lässt man sich darauf fallen und versinkt wie auf Wolken. Den ergattern wir in Windeseile, die Aussicht auf das Meer ist unübertroffen die Beste. Um die Zeit frischt der Wind etwas auf. Immer mehr Sportler oder solche, die es versuchen, eilen herbei. Surfer, Könner, Anfänger, Schüler und Kitesurfer heben ab und lassen sich von der frischen Brise durch die Lüfte tragen. Sie schweben hinaus bis weit über das Meer. Oftmals sieht man am Horizont nur noch Punkte, die erahnen lassen, dass es sich um Kitesurfer handeln muss. Vertieft schauen wir der Vorstellung zu. Oft gesehen, dennoch immer wieder ein Spektakel. Es nähert sich uns ein Paar. Hellhäutige. Was sofort zu erkennen ist, das bunte Plastikband um die Handgelenke. Mit den Jahren entwickelten wir für uns einen Sport daraus, anhand des Bandes zu erfassen, in welchem Hotel die Personen abgestiegen sein könnten. Jedes allinklusive Hotel verteilt ein anders farbiges Armband, damit werden die Touristen ›gekennzeichnet‹. Direkt vor ›unserem‹ Tisch bleiben die Zwei stehen.

»Ist noch ein Platz frei?«, versuchen sie erst auf Englisch, dann in einigen Brocken spanisch.

Wir ahnen durch die Ausdrucksweise, dass es entweder Österreicher oder Schweizer sind.

Mein Gehör verrät es mir sofort.

»Redit nur Schwyzerdütsch mit üs, mir verstönd eu guet.« Übersetzt heißt es: »Sprecht nur Schweizerdeutsch mit uns, wir verstehen euch sehr gut.«

Nur wir Schweizer bringen es fertig, das ›CH‹ im Hals kratzen zu lassen. Chäschüechli oder Chuchichäschtli sind die beliebten Tests.

Nun ja, vor drei Jahren haben wir das sympathische Ehepaar kennengelernt. Eine witzige Unterhaltung beginnt. Sie erzählen uns, was sie in den wenigen Urlaubstagen, alles erlebt haben. Sie sind vor zwei Tagen nachmittags um siebzehn Uhr in Puerto Plata angekommen. Das Drei-Sterne-Hotel direkt aus dem Katalog in Helvetien gebucht. In der Playa Dorada. Die Anlage ist uns bekannt, im Positiven wie auch im Negativen. Das Einchecken ist schon sehr speziell gewesen.

Sie beschreiben ihren ersten Ferientag:

Es wurde uns ein Zimmerschlüssel in die Hand gedrückt mit den Worten ›Haus Nummer 114, vierte Etage Zimmernummer 435. Immer geradeaus, beim Pool vorbei, dann links‹.

Die Suche begann mit zahlreichen Koffern und Taschen im Schlepptau. Verschwitzt und mit brennenden Füßen, fragten wir uns durch. Der eine schickte uns hier entlang. Ein Angestellter wieder zurück. Nach gefühlten Stunden standen wir vor dem Gebäude Nummer 114. Treppen, nichts wie Stufen, mussten wir hinaufklettern, mitsamt Koffer und Taschen. Kein Page kam zu Hilfe. Mit einigen Verschnaufpausen fanden wir das Zimmer 435. Mein Gatte steckte den Schlüssel in das dazu gehörende Schloss. Doch öffnen ließ sich die Tür nicht. Die Tür sah nicht sehr massiv aus. Etwas klemmte. Wie in einem schlechten Film nahm mein Ehemann Anlauf und hechtete, mit der Schulter voraus, gegen diese Holztür. Endlich, einen kleinen Spalt ließ sich die Tür öffnen.

Mein Gatte trat in das ›Zimmer‹ ein, ich schob das Gepäck der Reihe nach hinter ihm her. Anders war es unmöglich in die Kammer zu gelangen. Er stapelte das Reisegepäck, stellte sich auf einen wackeligen Stuhl, damit ich ihm folgen konnte. Ein Mief schlug uns entgegen, doch wir waren zu müde, um diesem Geruch näher zu untersuchen.

›Eine Dusche‹, dachte ich mir, ›ist das Einzige, was wir jetzt dringend nötig hatten.‹ Was ich sah, haute mich um. Das ist ein Drei-Sterne-Hotel? Es roch nach Verwesung. Tote Ratten? Wir öffneten erst einmal die schweren Gardinen und wollten die Sonne hineinscheinen lassen. Das entpuppte sich als sehr schlechte Idee. Staubwolken lösten sich und verdunkelten unsere Sicht. So suchte ich den Schalter für die

Deckenventilation. Gefunden, eingeschaltet und sofort begann es, zu schneien. Dicke Staubflocken fielen auf unsere Köpfe.

Ich untersuchte das Badezimmer. Was ich da vorfand, ging gar nicht. Eine Tropfsteinhöhle wäre der reine Luxus. Doch das? Die Brause wackelte schon beim Anschauen, der Hebel an den man ziehen muss, damit Wasser aus dem Brausekopf kommt, war schwarz und verschimmelt. Ich ziehe daran und siehe da, es lösen sich fünf rostige, braune Tropfen. Möchte man Duschen, springt man unter diesem Rinnsal hin und her, mit dem Effekt, ohne sich zu sonnen, braun zu werden. Das Waschbecken hinterließ keinen besseren Eindruck. Ich öffnete den Wasserhahn, da spritzte mir das Wasser um den Kopf. Der Siphon nicht dicht, war defekt. Man stand unmittelbar in einer Pfütze. Wenigstens gewaschene Füße hatte ich. Dann riss ich mir ein paar Blatt Toilettenpapier von der Rolle, damit ich die Klobrille hochheben konnte.

Ein Schrei des Grauens: »Da setze ich mich niemals hin. Da holt man sich jegliche Krankheiten.«

Krause schwarze Haare lagen auf der WC-Brille. Ein No Go. Mein Ehemann untersuchte unterdessen das Bett. Das Laken zeigte einige undefinierbare beige Flecken. Krusten, Blut, Speiseresten, Haare, Krümel und einiges mehr kam zum Vorschein. Wir machten uns auf den Weg zur Rezeption, um die Mängel, die mein Ehepartner fotografiert hatte, vorzubringen.

»Die Hausdame wird sich in der nächsten Stunde bei Ihnen auf dem Zimmer melden. Ich bitte Sie um etwas Geduld, wir sind ein großes Haus«, teilte man uns mit. So schlenderten wir wieder zurück, ließen uns auf dem unsicheren, schmutzigen Balkon auf wackligen Stühlen nieder. Denn im Zimmer hielten wir die Warterei bei dieser Hitze und dem Gestank nicht aus. Nach zwei Stunden erschien immer noch keine Hausangestellte. Also wieder ab zum Empfang mit unseren Habseligkeiten.

»Wir verlassen Ihr gastliches, gepflegtes Haus und erwarten von der Geschäftsleitung eine Entschädigung. Aus der Schweiz haben wir gebucht und vorab alles bezahlt.«

»Sie erhalten kein Geld zurück, denn Sie möchten gehen. Den Vertrag lösen Sie. Sie sind frei, können gehen, doch ohne Geld unsererseits.«

»Wenn Sie es so wollen, rufen wir eben die Polizei, die soll sich dann ein Urteil über das »Zimmer« machen«, erklärt mein Mann dem jungen Typen am Empfang.

Siehe da, wir erhielten einen Gutschein im Wert von zwei Übernachtungen retour.

Wir riefen uns eine Taxe.

»Bitte bringen Sie uns in ein Hotel, dass Sie uns empfehlen können. Sauber muss es sein, das ist alles«, teilte ich dem Fahrer mit.

Die Fahrt ging nach Cabarete. Vor einem beeindruckenden Hotel hielt der Chauffeur an.

»Warten Sie, erst möchten wir uns einen Eindruck verschaffen. Räumlichkeiten begutachten, danach bezahlen wir Sie«, erklärten wir.

Der Fahrer nickte. Das Hotel entsprach genau unseren Vorstellungen. Ein Glück, das noch ein Doppelzimmer frei war. Sofort gebucht und berappt. Der Taxifahrer wurde bezahlt. Was wir erst später vernahmen, er ist vom Hotel angestellt. Für jeden Touristen, den er bringt, bezahlt das Hotel eine Abfindung.

Typisch dominikanisch beenden sie ihre Geschichte. Amüsant über deren Werdegang, lachen wir über das Erzählte. Jetzt möchten die beiden von uns etwas erfahren.

»Warum tragt ihr denn kein Armband? Wohnt ihr privat? Bei Freunden untergebracht?« Wir teilen den Schweizern mit, dass wir vor fünf Jahren ausgewandert sind. Hier ein kleines Haus unser Eigen nennen dürfen. Der Landanteil uns wichtig ist. In der Eidgenossenschaft konnte jeder Nachbar auf den Tellerrand gucken. Es gibt keine Privatsphäre. Jedes Wort, das man spricht, wird gehört. Aus gesundheitlichen Gründen sind wir hierher gekommen.

»Wir laden euch gerne ein, kommt ruhig, besucht uns auf einen Kaffee.«

So sind wir in stetigem Kontakt mit dem Paar. Jedes Jahr besuchen sie Bekannte und Freunde. Sie beginnen ihre Reise in Santo Domingo, Boca Chica, Bayahibe, Punta Cana, Samana, Las Terrenas, Rio San Juan, Sosua, Cabarete und Cofresi. Entweder schlafen sie in Hotels oder privat. So auch bei uns. Die beiden machen Ausflüge der besonderen Art. Sei es die Larimar-Minen zu besuchen, welche verborgen in den Bergen liegen. Tauchausflüge, Schnorcheln, Bootsausflüge, Hochseefischen und vieles mehr.

Dieses Schweizer Paar meldet sich für die nächsten drei Wochen mit dem einen Wunsch an.

»Ist es möglich, eine Zigarrenfabrik anzusehen?«

»Selbstverständlich geht das, nur welche? Unzählige Marken werden auf der Insel hergestellt«, teilen wir den baldigen Ankömmlingen mit.

»Egal welche. Hauptsache Besichtigung«, ist ihre Antwort.

Wir erkundigen uns bei verschiedenen Reiseleitern. Welche Zigarrenfabrik am ehesten für eine Besichtigung geeignet ist, ohne in einer Gruppe reisen zu müssen. Dies ist kaum möglich, denn jeder Reiseleiter möchte seine Brötchen mit den Touristen verdienen. Wir stoßen auf taube Ohren. Aufgeben gibt es aber nicht. Wir suchen weiter. Recherchieren im Internet, tätigen diverse Anrufe.

Mein Lebenspartner hat die zündende Idee.

»Wir kennen doch Francesco, er mit seinen Verbindungen bis hinauf zur Regierung. Er wird uns bestimmt weiterhelfen können. Ich rufe ihn sofort an. Zum Glück ist er der deutschen Sprache mächtig«, lacht mein Mann. Kurze Zeit später kommt er angerannt. Ganz außer Puste, mit einer leichten Schnappatmung, teilt er mir Folgendes mit.

»Francesco begleitet uns alle. Er unternimmt mit uns nach der Besichtigung der Zigarrenfabrik eine Stadtrundfahrt durch Santiago. Zeigt uns die Sehenswürdigkeiten der Stadt und im Anschluss gehen wir noch gemeinsam essen, toll was?«

Diese Nachricht geben wir umgehend an das Ehepaar via Skype weiter.

»Das ist super, wir freuen uns, euch bald wieder zu sehen. Einen solchen Ausflug zu unternehmen, genial, danke euch und bis dann.« Gesagt und aufgelegt. Die Tage vergehen wie im Flug. Der Anruf erreicht uns, als wir mit dem Einkauf beschäftigt sind.

»Hallo Freunde, werden gegen vierzehn Uhr bei euch eintreffen. Hoffen es passt? Bis später, tschüss«, endet der Telefonanruf.

Also rasch nach Hause und die Vorbereitungen für einen Willkommensgruß aus der Küche sowie leckeren, kühlen Drinks treffen.

Fünf Minuten vor der Zeit ist Pünktlichkeit, typisch Schweizer. Fünf vor zwei hupt es. Gerufen wird, als gebe es Mord und Totschlag.

»Hallöchen!, jemand daheim? Guguseli, dürfen wir eintreten oder fressen uns die Hunde?«

Eilig laufen wir zum Eingangstor, um die Verriegelung zu öffnen. Der Empfang ist jedes Mal herzlich. Wir helfen, das Gepäck in das Gästezimmer zu schleppen.

»Reißt euch erst einmal die Klamotten vom Leib und taucht in den Pool ab. Kühlt euch ab nach der langen Fahrt. Mein Mann tischt Kleinigkeiten zum Naschen auf. Den Drink bringt unsere Angestellte, die extra länger arbeitet, damit Esther euch begrüßen kann.«

Die Unterhaltung bei einem Getränk ist wie üblich sehr spannend, unterhaltsam und lustig. Viel erlebt haben die beiden in den letzten Wochen. Das müssen sie loswerden. Fotos, Filme, Erzählungen vom Tauchen, den Larimar-Minen, dem Hochseefischen. Die Expedition auf die Cayo Levantado - die Bacardi-Insel. Sicherlich ist die Insel sehr schön anzusehen. Doch Touristen bezahlen eine Menge, nur, um dann auf dem Eiland abermals zur Kasse gebeten zu werden.

»Sehenswert ist es trotzdem. Der weiße Sand, das kristallblaue Wasser hat uns für alles entschädigt«, schwärmen die Freunde.

Schnell bricht der Abend herein.

»Morgen unternehmen wir den gewünschten Ausflug. Die Zigarrenfabrik wartet und die Stadtrundfahrt in Santiago. Ruht euch aus, denn der Tag wird lang und anstrengend«, entlassen wir das Ehepaar in ihr Zimmer.

Francesco steht anderntags pünktlich mit dem Wagen bereit. Getränke, Mückenspray, Handtuch, Kamera und Geld, alles ist rasch eingepackt.

Nach dem obligatorischen Miteinander Bekanntmachen der Mitreisenden und dem Fahrer, geht die Reise los. Wir kommen nach einer Fahrt von zwei Stunden in Santiago Los Caballeros an. Das Zigarrengebiet der Dominikanischen Republik. Vor der Zigarrenfabrik steht ein Mann mit einem Strohhut, der uns empfängt.

Er nimmt die Führung sofort in Angriff. Auf Spanisch erklärt er, wie die Arbeiter in der glühend heißen Halle, die mit einem Blechdach versehen ist, im Akkord Zigarren von Hand drehen. Die einen schneiden die Blätter zu, Frauen sortieren die Tabakblätter am Boden sitzend in einem anderen Raum.

Wieder andere, die mit geübten Fingern die Zigarren formen, danach in die Pressen legen. Das Deckblatt ist eine der wichtigsten Arbeiten. Mundstücke werden geformt und geleimt. Die fertigen Zigarren werden in klimatisierten Räumen gelagert. Wie es riecht in diesem Raum? Nach Pferdemist? Ein Gestank, der es in sich hat. Kaum zu erklären. Jeder Arbeiter darf so viele Zigarren am Tag rauchen, wie er mag. Hauptsache er arbeitet schnell und exakt. Ein geschickter Arbeiter stellt bis zu fünfhundert Zigarren im Tag her. Das wirkt sich auf sein Gehalt aus. Doch bis ein Arbeiter dieses Können beherrscht, dauert es Jahre der Ausbildung. Fingerfertigkeit, die man nicht so rasch erlernen kann. Das alles bei einer Hitze, die für uns unerträglich ist. Das Dach heizt richtig ein.

Fotos knipsen sollte ich nicht vergessen. Sofort setzen wir es in die Tat um. Eindrücke, die man nicht so schnell wieder vergisst. Die Schweizer decken sich reichlich mit Zigarren ein. Mitbringsel für die Daheimgebliebenen. Die Fahrt geht weiter, nachdem wir alle einen tollen Schluck Limonade zu uns nahmen. Wie sage ich doch jeweils? Durst ist schlimmer, als Heimweh ...

Santiago Stadt ist nicht weit entfernt. Unser privater Reiseleiter Francesco führt uns direkt zu den Sehenswürdigkeiten. Erklärt, berichtet und versucht die Begeisterung des Ehepaars zu fördern. Alle sind ein wenig müde. Francesco entscheidet, zuerst den Bauch reichlich füllen und danach die Exkursion weiter zu führen. Die Reise geht auf einen Hügel in Santiago. Die Aussicht ist herrlich. Das Restaurant ist jedoch auch geschichtsträchtig. Er erzählt uns von Diktator Trujillo (1930 bis 1961).

Autos und Limousinen stehen herum. Einige sogar mit Einschusslöchern. Francesco informiert, dass der Diktator in einem dieser Wagen erschossen wurde. ›Phu‹, geht es mir durch den Kopf, ›dass er uns das vor dem gemeinsamen Mittagessen berichtet.‹

Die Kamera wird zum wiederholten Male zur Hand genommen.

»So etwas sieht man nicht alle Tage.« Das Schweizer Paar knipst und knipst.

Das Essen mundet trotz allem. Müde strecken wir unsere Knochen richtig aus. Was bei den anderen Gästen nicht auf Wohlwollen stößt. Darf man sich denn nicht mal mehr so richtig ausgiebig rekeln, nach der leckeren Mahlzeit? So setzen wir uns auf die Aussichtsplattform in bequemere Stühle, Siesta ist angesagt.

Die Pause erfüllte ihren Zweck. Erholt und gestärkt geht die Exkursion weiter.

Nun endlich genießen wir die City Tour. Ein Beispiel eines Denkmals, das uns immer wieder gefällt.

Die Großstadt hat viel zu bieten. Vor allem imposante Kirchen. Die Altstadt mit einer Ursprünglichkeit an Gassen, die von zahlreichen Patrizierhäusern umgeben ist. Kopfsteinpflaster, das sicherlich viel zu erzählen hätte. Das Grabdenkmal von Kolumbus. Gemäuer, deren Geschichte man in Reiseführern nachlesen kann.

Die Rückreise verläuft ungewohnt ruhig. Jeder schlummert und schwelgt in eigenen Gedanken.

Eindrücke, die man zuerst verarbeiten muss. Ein Tag vermischt mit Sehenswürdigkeiten, Geschichte über das Land und deren Einwohner.

Müde, jedoch glücklich zu Hause angekommen, beginnt das Begutachten der geknipsten Fotos. Wir alle genießen das Erlebte und Gesehene. Die Bekannten verweilen noch zwei Tage bei uns. Diese nutzen wir am Strand von Sosua oder Cabarete. Gemeinsam besuchen wir Rudi am Fluss oder verbringen den Tag zu Hause am Pool.

Heitere Tage mit Freunden vergehen immer schneller, als es einem lieb ist. Die Zeit vergeht, die Schweizer müssen zurück in die Heimat, die Arbeit ruft.

Mit den Worten: »Bis zum nächsten Jahr. Wir bleiben in Verbindung«, verabschieden wir die Zwei am Flughafen von Puerto Plata.

Ein Trost bleibt uns. Wir wissen, die beiden verbringen ihren Urlaub nächstes Jahr wieder auf dem Eiland.

Der Beginn eines echten Dschungel-Abenteuers.

Rio Chavon Flusskreuzfahrt

Wir erwarten unsere Kinder. Sie haben sich für die nächsten Wochen angemeldet. Was können wir mit den drei Jungs und der Tochter unternehmen? Etwas, dass wir noch nicht gesehen haben, ist sicherlich angebracht. Mein Partner durchstöbert das Internet, findet Prospekte bei Tour Guide, trägt einiges zusammen. Wir setzen uns gemeinsam auf unsere Terrasse, denn mein Partner möchte, dass wir gemeinsam entscheiden. Was nicht einfach ist bei solch einer Auswahl. Eine Tour ›springt‹ uns förmlich an.

Der Beginn eines echten Dschungel-Abenteuers ... Rio Chavon Flusskreuzfahrt.

Das muss herrlich sein, so wie es beschrieben ist.

›Jeder Tanama Ausflug beinhaltet eine fabelhafte Flusskreuzfahrt auf unserem traditionellen Flussboot. Die mächtige Schlucht des Flusses, Rio Chavon, wird Sie beindrucken wie kein anderer zuvor. Die Ufer mit tropischem Dschungel bewachsen, überall ist Wildnis. Keine Sorge ... hier gibt es keinerlei Krokodile oder Piranhas. Süßwasserschildkröten, die Fischadler, die Truthahngeier und zahlreiche sonstige Wasservögel, können Sie beobachten.

Vor allem ist die Schlucht selbst unglaublich imposant. Bei einem tropischen Sturm, einem Hurrikan, kann das Wasser mehr als acht Meter ansteigen. Das zeigt, wie in Millionen von Jahren die Schlucht aus dem umgebenden Sandstein gehöhlt wurde. An einigen Stellen schlängelt sich der Fluss über achtzig Meter in die Tiefe. Mit gewaltiger Kraft stürzt die Gischt unterhalb der Schlucht Oberkante in das schäumende Meer. Die Blockbuster ›Apokalypse Now‹, ›Rambo 3‹ sowie ›Anaconda‹ wurden hier gedreht. Wie man unschwer erkennen kann, nicht ohne Grund ... hier ist reiner Dschungel.

Die Fahrt auf dem Flussboot dauert vierzig Minuten, die Bar ist währenddessen geöffnet. Eine Toilette ist an Bord. Das Personal wird Ihnen kostenfreie Getränke (z.B. Cuba Libre) und Obstsnacks anbieten. Dabei können Sie in Ruhe den Fluss und seine Landschaft, die Sie begeistern wird, in Augenschein nehmen. Unsere englischsprachigen Guides werden begeistert sein, Ihnen alles zeigen und erklären zu dürfen. Lassen Sie sich verwöhnen, genießen Sie dieses Panorama. Eine Rundfahrt, die zum Erlebnis wird.‹

»Ist das der Ausflug, den wir mit den Sprösslingen unternehmen wollen? Ist es besser, wenn die ›Kin-

der‹ das Abenteuer auf eigene Faust in Angriff nehmen?«

Weiter steht im Prospekt.

›Wir bieten verschiedenartig Kombinationen der
Ausflüge am Rio Chavon an. Einige Trips beginnen
mit der Kreuzfahrt flussaufwärts, andere fahren
flussabwärts. Alternative Touren beinhalten beide
Richtungen auf dem Fluss. Finden Sie den passenden
Ausflug für Sie ... Sie können Ihre eigene Exkursion
durch die Kombination verschiedener Aktivitäten auf
der Ranch selbst gestalten.

Die einmalige Flusskreuzfahrt ist ein ›Muss‹ und in
jedem Tour Paket enthalten. Alle Routen lassen sich
flexibel Ihren Bedürfnisse anpassen‹.

Überlegen, abwägen, was wir beiden Alten auch
noch mitmachen können, ohne uns die Knochen zu
brechen. Wir möchten uns nicht aufdrängen. Einen
winzigen Wunsch äußere ich, bitte kein Krabbel-
getier. Wir legen die Prospekte beiseite.

Das entscheiden wir gemeinsam, wenn die Jungmannschaft vor Ort ist.

Viel Schönes, Eindrückliches und Sehenswertes
gibt es auf der Insel zu erkunden. Einiges haben wir
selbst schon besucht, bereist, gesehen und zum Teil
nicht gefunden. Dazu gehört auch dieser Ausflug,
den ich in einem Internetportal finde. Gefallen
könnte diese Reise unserer Jungmannschaft

bestimmt. Mein Mann lacht, als ich ihm die Überschrift vor Augen führe.

»Klar doch, da wird sich Fabienne mit Sicherheit freuen. Sie, die eingefleischte, moderne und überzeugte Singlefrau«, lachen wir. Die Burschen im Schlepptau. Wie Sie dann die Gelegenheit genießen, die einzige Schwester aufzuziehen. Zum Besten halten und foppen mit ihren Macho-Sprüchen. Doch das ist die Tochter von klein an gewohnt. Besitzt ein lockeres Mundwerk, sie kann sich wehren und das wird sie bestimmt. Wenn Fabienne bei der Überschrift der Tour in Gedanken verfällt?

Sie wird es verkraften, kann sein, dass sie auf den Geschmack kommt und sich verliebt.

Noch mal lese ich die Überschrift des Abenteuers.

›Pfad der Jungfrau, ein verstecktes Paradies in Bahoruco‹

›Bahoruco ist eine Gemeinde der Provinz Barahona, direkt am Meer gelegen. Von Flüssen, Gebirgen und wunderschönem tropischem Wald umgeben. An diesem Ort können Sie eine Wanderung durch den Regenwald unternehmen. Der Weg führt Sie bis hin zum ›Rachen der Hölle‹. Legenden und Geheimnisse, die jenen schönen Ort einrahmen, entdecken. Zu dieser Attraktion gehören die Handwerker. Der Larimar ist ein besonderer Edelstein, den man nur in der Dominikanischen Republik findet.

Die Werkstätten sind in der gesamten Region verstreut.

Es ist eine Stadt der arbeitenden Menschen. Unternehmungslustig und freundlich kämpfen sie jeden Tag darum, dass der Ort als Touristenziel anerkannt wird. Sie bieten den Besuchern verschiedene Attraktionen, laden Sie ein, die Gegend ›Bahoruco‹ zu erkunden.

Gehört diese doch zu diesen phänomenalen, territorialen Schmuckstücken. Einzigartig in der Dominikanischen Republik mit den außergewöhnlichen Naturmerkmalen. Ferner gehört die Bucht von Neiba dazu. In der Enriquillosenke, die sich hufeisenförmig anschmiegt. Jene von der Sierra de Neiba wird von der Sierra de Bahoruco flankiert. Zu einer besonderen Attraktion zählen, der ›Pfad der Jungfrau‹, der ›Rachen der Hölle‹, die sich in der Stadt La Cienega befindet. Obwohl diese Namen besagter Ziele ›Auf Gut und Böse‹ verweisen, lohnt es sich die selbigen zu besuchen. Besichtigt man sie, wird man feststellen, dass es sich um Naturschutzgebiete handelt. Den Touristen wird eine große Vielfalt in Bezug auf die Tierwelt und Vegetation geboten.

Geführt von Jorge, einem lokalen Bauern, der das Reservat in und auswendig kennt. Der vom Tourismus-Verband ausgebildet wurde, um die Besucher zu informieren. Die Reise beginnt auf dem Pfad der

Jungfrau. Für Personen, die nicht geübt sind, quer-feldein zu wandern, ist dieser Ausflug nicht zu emp-fehlen, aufgrund der vielen Unebenheiten. Begeistert können Sie die Fauna und Flora genießen.

»Ein langer Weg mitten durch einen feuchten, grü-nen Wald, entlang des Ufers eines einstmals tiefen Flusses«, erklärt Jorge. Auf dem Weg finden begeg-nen die Besucher eine ökologische Zone in ihrem natürlichen Zustand.

»Sie hören das Rauschen des einen oder anderen Baches, der dort noch vorhanden ist. Ebenso wie das Singen der Vögel, die fröhlich durch die Baumkronen flattern. Klimatisch gesehen ist die Region angenehm, die Temperaturen nicht sehr extrem.«

Tour buchen? Abwarten? Die Kinder anrufen? Immer mehr finde ich zu diesem Thema. Ich lese wei-ter und staune.

Am liebsten möchte ich diese Reise allein mit mei-nem Mann unternehmen. Er setzt sich neben mich und zusammen durchstöbern wir die Seite. Weiter steht geschrieben, dass es ein großes Schutzgebiet gibt. Etwas, das uns beide gefallen wird. Doch wie reagieren unsere ›Kinder‹? Wird diese Reise, ein etwas anderes Abenteuer, auch sie begeistern?

›Abenteuer in ein Schutzgebiet.‹

Die Information lesen wir haargenau durch. Was uns anspricht an diesem Ausflug, sollte auch den Jungen Freude bereiten.

Schlaumachen, was wir mit den Jungen unternehmen können. Junge Menschen, die üblicherweise nicht denselben Interessen nachgehen, wie wir ›Senioren‹.

Es steht geschrieben:

»Wir bemühen uns sehr, diesem Bereich mit der Umwelt zu erhalten. Entlang des Weges findet man viele Früchte: Orangen, Passionsfrüchte und Kokosnüsse. In der Regel konsumiert niemand ebendiese frischen Produkte. Ihr Vorkommen sei zu weit von den Häusern entfernt«, erklärt Jorge. »Umweltschützer, Liebhaber und die Bewohner der Region entschieden, jenes Stück Land zu schützen. Die Artenvielfalt der Gegend, das traditionelle Wissen dieser Flora zu untersuchen. Pflanzen für medizinische Zwecke zu nutzen, welche auf besagtem Landstück wild wachsen. Von Geistern und Legenden über geheimnisvolle Erscheinungen vor Ort wurde berichtet. Zuerst glaubte keiner an die heilende Wirkung der Pflanzen. Studien bewiesen das Gegenteil«, endet Jorge.

Spannend wird weiter beschrieben vom Wasserfall. Mein Partner und ich, gefesselt von der Lektüre, verbringen Stunden damit, alles durchzulesen. Ein großer Wasserfall.

»Am Ende der Tour gelangt man zum ›Rachen der Hölle‹, eine schöne, kristallklare Wasser-Kaskade zwischen riesigen Felsen. Diese versetzt üblicherweise die Besucher in Staunen. Der Name des beeindruckenden Naturschauspiels rührt daher, dass es wirklich wie ein voller, offener Mund aussieht. Abgesehen davon, dass man mehrere Kilometer wandern muss, um es zu erreichen - vielleicht ist auch das der Grund, warum es die Hölle genannt wird.

Hier können die Teilnehmer ein ausgiebiges Bad genießen. Erfahren, durch die Geschichten der Bauern, wie man in der Nähe eines solchen himmlischen Ortes lebt. Ohne ängstlich daran zu denken, dass man im ›Rachen der Hölle‹ ist. In diesem Bereich finden sich, je nach Höhenlage, unübersehbare, markante Klimakontraste. Das Naturschutzgebiet ist reich an Wasserfällen, Bächen, Kaskaden, die einem natürlichen Pool ähnlich sehen. Große kreisförmige Vertiefungen, hervorgerufen durch die Wassererosion, bilden jene Schwimmmöglichkeit.

Die hohe Luftfeuchtigkeit wiederum trägt zur Verbesserung der Vegetation, die von entscheidendem ökologischen Wert ist, bei. Mit erwähnten Attraktionen setzen die Einwohner von Bahoruco ihre Hoffnungen auf die Entwicklung in der Nutzung des

Tourismus. Teile der Provinz mit ihren Naturschön-
heiten, wie dem ›schlafenden Schatz, der, darauf
wartet, entdeckt zu werden‹. Wir sind stolz auf das
Angebot, da andere Provinzen in denen Tourismus
betrieben wird, mit diesem noch übertroffen werden.
Wir arbeiten daran, um diesen Bereich mit dem
Ökotourismus zu entwickeln. Etwas für die Hügel
mit ihrer sehr üppigen Vegetation zu tun, ist wichtig.
Wir erwarten im Gegenzug von den zuständigen
Behörden, dass sie die Türen öffnen, um uns bei der
Entwicklung unserer Region zu helfen.

Vor der Schaffung des Weges der Jungfrau war der
Wald durch Abholzung bedroht. Weil einige Menschen mit dem Fällen und verbrennen der Bäume für
kleine Betriebe, ihren Lebensunterhalt verdienten, da
sie sonst über keine anderen Mittel verfügten. Die
Bewohner dieser Gegend beschäftigen sich damit,
Informationen über die Merkmale des Gehölzes und
deren Notwendigkeit zu sammeln, um ihn zu
bewahren. Etwas das die Nutzung des Forsts auf tou-
ristischer Ebene ermöglicht und somit die Lebens-
qualität von Dutzenden Personen verbessert. Um die
Wanderung auf dem Weg der Jungfrau zu unternehmen, muss man die Organisation ›Frauen Koope-
rative zur Entwicklung La Ciénaga‹ kontaktieren
(Quelle: unter der Telefonnummer 829 ...).‹

Für uns kommt jetzt die Zeit, den Urlaub der Sprösslinge, so schön wie nur möglich, vorzubereiten und zu organisieren. So zu gestalten, dass jedes der Kinder auf seine Kosten kommt. Die lang ersehnten, zusammengesparten Ferien, die der Nachwuchs einmal im Jahr bei uns verbringt, als die schönsten Wochen im Jahr zu gestalten.

Wir vermissen die vier mittlerweile jungen Erwachsenen sehr. E-Mails, Skype, Facebook schön und gut, ersetzen aber den echten, menschlichen Kontakt nicht. Wir freuen uns, wenn es heißt:

»Wir sind am Abflughafen.« Zehn Stunden später stehen wir hüpfend, winkend und lachend am Flughafen, damit keiner der Jungen uns übersieht. Die Vier in die Arme zu schließen, drücken und knuddeln. Kaum zu erwarten ist der Moment, wenn der ersehnte Anruf kommt. Es dauert noch. Was unternehmen wir beide jetzt?

Vielleicht einen der Ausflüge für die Kinder organisieren und bezahlen?

Sehenswürdigkeiten. - Insel der 7 Brüder.

Peter verkauft Touren. Er ist zu finden in Cabarete vor Peters Verkaufsstand. Wir kennen ihn, da wir sporadisch für unsere Besucher bei ihm Reisen und Touren buchen. Vertrauenswürdig, günstig, ehrlich. Man kann sich darauf verlassen, auf die Daten und die Abholzeit, die einem genannt werden. Die Transportmittel sind alle versichert und durchlaufen eine regelmäßige Kontrolle bei einer deutschen Autowerkstatt. Peter weist uns auf einen Trip hin, der ideal für die jungen Leute zugeschnitten ist. Der wird sofort gebucht, als er uns davon erzählt.

Wir recherchieren, kaum dass wir zu Hause angekommen sind, im Internet. Alles gefunden, gelesen und zufrieden, dass wir diesen Ausflug reservierten.

»Nationalpark Monte Christi. Für Naturfreunde ist ein Besuch des kleinen Nationalparks Monte Cristi zu empfehlen. Er besteht aus einem subtropischen Wald, Unterwasserwiesen, Korallenriffs und mehreren Lagunen. In jedem Fall ein Highlight des Nationalparks ist die Festung Monte Cristi. Sie liegt auf einer Klippe dreihundert Meter über dem Meeresspiegel. Bietet dem Besucher einen spektakulären Blick über das kristallklare Karibische Meer und die

Inselgruppe der ›Los Siete Hermanos‹. Übersetzt bedeutet der Name ›Die Sieben Brüder‹ und an dessen Stränden die Meeresschildkröten ihre Eier ablegen.

An die einhundertsechzig verschiedenen Vogelarten sind im Nationalpark Monte Cristi heimisch.«

»Die Insel Hispaniola beheimatet die Staaten Haiti und Dominikanische Republik. Ein Eiland, welches von vielen weiteren traumhaften Atollen umgeben ist. Cayo Arena (Paradiesinsel), Cayo Levantado (Bacardi-Insel), angeblich wurde dort die Reklame für den Bacardi Rum gefilmt. Die Inseln Catalina und Saona – sie alle sind touristisch erschlossen und werden von vielen Tausenden Touristen jedes Jahr besucht. Es gibt aber noch sieben andere kleine Trauminseln, die ›Cayos 7 Hermanos‹.«

(Quelle: cayos-siete-hermanos-una-	visita-al-paraiso)

Nun lesen wir diesen Bericht, der uns völlig überzeugt. Dieser Ausflug wird unseren Kindern gefallen. Gut, dass Peter uns diesen empfohlen hat, denn nach dieser Recherche hüpft auch unser Herz.

»Diese kleinen spektakulären Inseln sind Refugien für zahlreiche Vogelarten, daher sind sie auch geschützte Gebiete. Für Flora und Fauna besteht hier nicht die Gefahr, von Urlaubern gestört zu werden.

Die Inselgruppe liegt zwischen fünf und zehn Kilometern vor der Bucht von Monte Cristi. Es bildet ein Naturschutzgebiet mit einer Gesamt-Oberfläche von einhundertvierzehn Quadratkilometern. Die Inseln haben die Namen Teroru, Muertos, Ratas, Tercero, Monte Chico, Monte Grande und Arenas. Diese sind von einer hohen Bedeutung für die vielen Arten Wandervögeln, die hier eine Zuflucht finden. Die sandigen Inseln sind von einem Korallen-roten Öko-system umgeben, Kraut- und Buschwerk bilden eine Vegetation, welche eine Höhe von fünf Metern nicht übertrifft. Der Kaktus Tuna (Lemaeirocereus Hystrix), der schwarze Manglebaum (Avicennia germinans), der Knopf-Mangle (Conocarpus erectus) und die Strandtrauben (Cocoloba uvifera) dominieren hier die Flora nebst anderen Pflanzen. Unter dem Meeresspiegel trifft man auf Thalassia testudium und Syringodium filiforme. Die Meeresvögel sind artenreich und zahlreich anzutreffen. Unter ihnen die Bubies (Anous stolidus und Sterna fuscata), Pelikane (Pelecanus occidentalis), Fregattvögeln (Fregata magnificens), Kronen-Tauben (Patagioena leucocephala), Mangle Canaria (Dendroica petechia) und andere. Ebenso sind auf den Inseln Säugetiere und Reptilien beheimatet.

Übrigens, die Fahrt zu den Inseln ist möglich, Fischer nehmen einen gerne mit. Allerdings ist das

Betreten der meisten Inseln nicht erlaubt, um die Tiere nicht in ihrer Existenz zu bedrohen. Wir besuchen Peter ein zweites Mal, um weitere Ausflüge zu buchen.

»Empfehlen werde ich euch für eure Besucher:

Die Bacardi Insel, (cayo Levantado), Samanà. Sowie die sieben Kaskaden und die achtundzwanzig Wasserfälle von Damajagua, wo die Besucher, die letzten sieben Kaskaden rauf klettern können. Bei diesem Ausflug gibt es die Möglichkeit, einen Einblick in den Alltag der Dominikaner zu genießen. Deren wirkliches Leben mit ihren Angewohnheiten, ihren Tieren und Pflanzen kennenzulernen. Schlauchboote werden vor Ort vermietet«, endet Peter seinen Vortrag.

Ohne lange zu überlegen, buchen wir die Kaskaden dazu.

Die Urlaubszeit mit unseren Kindern ist für alle unvergesslich. Viel haben wir zusammen unternommen. Die Ausflüge für unsere Kinder, ihrer Meinung zu folge, unübertroffen. Wir überließen die jungen Erwachsenen den Reiseleitern. Nicht bei jedem Trip sind wir zugegen.

Beim Abendbrot zücken die Söhne sowie die Tochter stolz die Kameras und die Mobiltelefone. Fotos und Filme zeigt jeder. Von einem zum anderen wandern die Bilder, Videos und Schnappschüsse. Herumgereicht am Esstisch. Müde ist die Tochter zur Abendstunde. Ungewohnt das Fabienne wortlos und still ist. Die Rutscherei in den Kaskaden hat auch ihr zugesetzt.

»Ziel erreicht«, schmunzeln wir damals. Eben erst angekommen rast die Zeit dahin.

Wochen sind ins Land gezogen, der Nachwuchs ist längst zurück in der Schweiz. Geschwärmt wird noch heute von den Abenteuern. Wir genießen den Abend in trauter Zweisamkeit ...

Annas 15. Geburtstag.

Unsere Esther erzählte es uns schon Tage zuvor.

»Meine Tochter Anna feiert bald den fünfzehnten Geburtstag.«

Wir denken uns nichts dabei, denn fünfzehn Jahre ist doch kein Datum, welches man groß feiern muss. Sicherlich will Anna eine Party schmeißen. Doch im Armenviertel mit einer alleinerziehenden Mutter von fünf Kindern? Da fehlt es doch sicherlich an Geld. Ein paar Freundinnen möchte Anna einladen, das ist ganz normal. Doch will unsere Perle uns damit um Geld fragen? Oder was möchte sie mit dieser Information erreichen?

Sie weiß, dass sie jederzeit fragen kann, ohne große Erklärungen. Wir helfen, wo immer wir können. Doch Esther bettelt nicht um Geld. Tagelang ist das Thema vom Tisch.

Doch dann erhalte ich einen Anruf, der mich tief berührt. Anna ist am anderen Ende der Leitung.

»Elena, ich möchte euch ganz herzlich zu meinem Geburtstag einladen. Das Fest findet am Samstag statt. Könntet ihr um 14 Uhr bei uns zu Hause kommen?«

»Sicher, wir kommen doch gern. Was wünschst du dir Anna? Was dürfen wir dir schenken«, frage ich sie.

»Ich möchte nur, dass ihr mitfeiert, kein Geschenk, nichts.«

Komisch, jetzt muss ich mich erst einmal schlaumachen, wie es sich mit dem fünfzehnten Geburtstag auf der Insel verhält.

Damals bei unseren Kindern wurde der achtzehnte und der zwanzigste Geburtstag groß gefeiert.

Ich weiß es noch, als sei es gestern gewesen. Jetzt kann ich darüber lachen, doch zu jener Zeit …

Ihr erstes Bier wurde zur Feier des Tages geöffnet. Wobei es nicht bei einem blieb, wie man sich lebhaft vorstellen kann. Besonders als der älteste Sohn seine Party schmiss. Wir zwei Alten ›flüchteten‹ aus dem Haus, mit der Ermahnung.

»Nicht zu viel Bier und die Musik bitte auf Zimmerlautstärke.«

»Ja, ja!«, bekamen wir zur Antwort, was so viel heißt, wie: »Ihr könnt mich mal.« Bei der Tochter mussten wir uns daher eher andere Sorgen machen. Ihr Freund kam auch zur Geburtstags-Party. Ach, ja mit achtzehn darf man endlich Auto fahren lernen.

Zum zwanzigsten Geburtstag ließen wir die Kinder auswärts feiern … Denn wir hatten immer noch den Anblick unseres Hauses, nach den vier verschiedenen Geburtstagsparty's im Kopf. Wieder gaben wir einige Ermahnungen mit auf den Weg, die eh nicht eingehalten wurden. Die jungen Leute wissen sowieso alles viel besser.

So frage ich mich hier auf der Insel bei dominikanischen Freunden durch.

Hier in diesem Land ist der fünfzehnte Geburtstag der große Tag. Die Mädchen machen sich schön, stecken sich Blumen in ihre geflochtenen Haare, ziehen sich ein weißes Rüschenkleid an, wenn vorhanden. Die Wohnung wird mit vielen bunten Ballons geschmückt.

Freundinnen und Freunde werden eingeladen. Meistens wird eine große Geburtstagtorte gebacken oder gekauft. Grelle Farben aus Zuckerguss mit Vanillegeschmack zieren diese sehr süßen Torten.

Wir wissen, dass Esther zu wenig Geld besitzt. Eine solche Party kann sie nicht ausrichten. Esther ist offen und ehrlich, sagt uns das auch.

»Anna wird kein weißes Kleid tragen, auch eine solche Torte wird sie nicht bekommen. Ballons kaufte ich schon vorher immer wieder einige. Anna weiß nichts davon. Sie geht davon aus, dass es Reis mit Hühnchen zu essen gibt für alle Gäste.«

Gut zu wissen. So eilen wir am Samstag in den Supermarkt, kaufen eine solche Torte. Rosa, das ist die Lieblingsfarbe von Anna. Die Torte passt in keine unserer Kühltaschen. So geben wir das ›Zuckersüße Törtchen‹, dass achtzig Zentimeter hoch und fünfzig Zentimeter breit ist, in eine Plastikbox. Mein Mann benutzt diese normalerweise um Regenwasser sammeln. In unserem Garten füllt er einige Plastiktüten mit Eiswürfel ab, legt diese in die Box und stellt die eingepackte Torte darauf. Deckel vorsichtig darauf legen - fertig für den Transport.

Wir müssen uns beeilen, wenn wir pünktlich ankommen möchten.

Unterwegs kommt mir die Idee, die mich nicht in Ruhe lässt. Englisch würde Anna gern lernen, soviel weiß ich, doch auch dazu reicht das Geld der Mutter nicht aus. Ein solcher Kurs ist für sie unbezahlbar.

Die Sonne brennt unerbittlich auf den weißen Pick-up. Die Torte soll nicht dahin schmelzen.

Trotzdem fahren wir noch kurz bei der besagten Schule vorbei. Kein Schattenplatz ist weit und breit vorhanden. Wir melden Anna zum Englischkurs an, bezahlen gleich das erste halbe Jahr. Nach langem Betteln bekommen wir sogar einen Gutschein als Bestätigung für Anna.

Der holprige Weg zu Esthers Haus tut der Torte nicht unbedingt gut.

Wir hören schon von Weitem, dass die Feier bereits in vollem Gange ist. Schön geschmückt ist das bescheidene Haus.

Mein Partner drückt einmal kurz auf die Hupe und die Kinder kommen angerannt aus allen Winkeln der verborgenen Wege.

Da ist ja auch das Geburtstagskind Anna. Was für ein hübsches Mädchen. Auch ohne ein weißes Kleid kann sie glücklich feiern. Sie kommt auf uns zu, umarmt uns.

Und sie uns nennt: »Abuela! Abuelo!«, was so viel bedeutet wie Oma und Opa. Tut das meinem Ego gut? Egal, sie darf das.

Nun trägt mein Partner die große, bunte Torte ins Haus. Ein so bezauberndes Lächeln verzaubert Annas Gesicht. Mit einer solchen Überraschung hat niemand gerechnet.

Die herumstehenden Gäste applaudieren, die laute Musik, die aus dem winzigen Radio schallt, Partystimmung auf dominikanisch.

Die stolze Mama Esther ist den Tränen nahe, fällt uns um den Hals. Wir müssen von dem so arg gesüßten Teil ein Stück essen. Zum Glück darf ich nicht, da ich eine Laktose-Intoleranz habe. Doch mein Gatte, er kommt nicht so einfach davon.

Später, als es etwas ruhiger wird und viele der Besucher nach Hause gehen mussten, überreichen wir Anna den Gutschein.

Können Sie sich, liebe Leser, vorstellen, wie Anna gejauchzt, getanzt und gejubelt hat? Welches Kind in

Europa würde sich so über ein solches Geschenk freuen? In die Schule? Diese besuchen dürfen? Lernen?

Wir dürfen ihr auch mitteilen, dass wenn Anna gut abschließt, wir einen Lehrplatz für sie haben. Eine Hotelkette würde sie dann sehr gern einstellen.

Mit Worten kann man nicht beschreiben, was das Mädchen und die Mutter vor Freude aufführten. Wollten die beiden uns doch tatsächlich die Füße küssen? Nein, so etwas lassen wir nicht zu. Wer wirklich lernen will, der sollte die Möglichkeit erhalten. Für uns ist das selbstverständlich. Für die Leute im Armenviertel nicht.

Wir feiern noch etwas mit den beiden, dann lassen wir die Familie in ihrem Glück allein. Eines wissen wir sehr gut, wir haben genau das Richtige getan.

Ausflugsziele

Ein Ausflugziel, bei dem jedermann auf seine Kosten kommt.

Die Besitzerin UTE erzählt:

Rancho El Contento ist eine kleine Ranch in der Dominikanischen Republik, etwas abseits vom Tourismus.

»Wir besitzen siebzehn Pferde, drei Hunde und ein paar Hühner. Die Pferde leben in einer Herde auf der großen Finca. In kleinen Gruppen wollen wir Euch einen Bereich an der Nordküste der Dominikanischen Republik zeigen. Sodass es für jeden ein unvergessliches Erlebnis wird.

Ich lebe nun seit circa sieben Jahren hier. Die Liebe zu den Pferden teile ich von Kind an. Meine ersten Reiterfahrungen sammelte ich vor über fünfunddreißig Jahren und komme nicht davon weg. Ich habe mir einen Traum erfüllt, meine eigene kleine Ranch in der Karibik. Unser Guide ist mit Freude dabei, begleitet uns auf den Touren.

Wir freuen uns auf Euren Besuch.

Eure Ute und das Rancho El Contento-Team«

Begleiten Sie uns auf einer unserer erlebnisreichen Touren im Norden der Dominikanischen Republik!

Ob durch Dörfer bis zum langen und einsamen Sandstrand. In den Bergen durch die Flüsse oder zu einem Wasserfall, es ist immer ein einzigartiges Erlebnis!

Erleben Sie die vielseitige Landschaft und das Hinterland der Dominikanischen Republik auf dem Rücken eines Pferdes. Für erfahrene Reiter sowie für Anfänger.

Unsere Pferde sind gepflegte und gesunde Criollos. Wir legen viel Wert auf zufriedene Tiere.

Etwas ganz Spezielles bieten wir unseren Gästen. Eine Tour mit Fotoshooting begleitet von Nicole Bleck.

Romantische Mondscheinausritte in Gruppen. Die Freiheit auf dem Rücken unserer Pferde spüren. Erfüllen Sie sich und Ihren Partner einen Wunsch. Ideen? Heiratsanträge bei Sonnenuntergang am Meer oder bei Mondscheinausflügen. Wir erfüllen ›fast‹ jeden Wunsch.

Tour in der Vollmondnacht.

Wir reiten bei Dämmerung los, genießen den Vollmond am Strand oder in den Bergen. Ab ins Hinterland!

Erkunden Sie die fruchtbare, immer grüne Berglandschaft und das Leben der Einheimischen in den

Bergen. Nach einer kurzen Pause mit Erfrischungs-getränk geht es im und am Fluss entlang weiter. Bei einer ausgedehnten Rast haben Sie die Möglichkeit ein erfrischendes Bad zu nehmen.

Halbtagsausritte durch Dörfer zum Strand:
Durch die typischen einheimischen Siedlungen, die flache Landschaft geht es zum einsamen, naturbelas-senen Sandstrand.
Dort reiten wir bis zur Flussmündung »la Boca«. Nach einer kurzen Pause mit Erfrischungsgetränk geht es zurück zur Ranch.

Ganztägige Wasserfalltour »ojo de agua«:
Durch die Berge zu einer wunderschönen Kaskade, superschöne Aussichtspunkte, Bergdörfer, Flüsse, kühles Bad im Wasserfall und vieles mehr. Circa 8-9 Stunden Ausritt am Strand
http://www.ranchoelcontento.com/kontakt/

Rudis Paradies

Eine etwas andere Sehenswürdigkeit.

Besichtigen Sie unseren ökologischen Park, eher einen kleinen Zoo.

Im Biergarten servieren wir Ihnen gerne Getränke und ein landestypisches Essen.

Auf Wunsch können Sie auch eine Bootstour auf dem Fluss unternehmen.

Ein BBQ der Sonderklasse auf dem Boot ist ebenfalls realisierbar. Das Essen ist köstlich auf dem Partyboot!

Reservieren Sie telefonisch.

Wir sprechen Deutsch, Englisch und Spanisch.

http://rugama.npage.de/

rugama-tours@hotmail.com

Phone 809 - 504 2015 / 809 - 739 0504

Die gesamte Anlage ist in mühevoller Kleinstarbeit selbst gebaut. Dieses Naturparadies ist in den letzten Jahren zweimal vom Hochwasser überschwemmt worden. Rudi hat es unermüdlich immer wieder neu aufgebaut.

Leicht zu finden, an der Hauptstraße von Cabarete nach Sabaneta.

Puerto Plata City Tour

Empfehlenswerte günstige Angebote zu verschiedenen Zielen:

Das Bernsteinmuseum, Einkaufsbummel und die Seilbahnfahrt.

Santiago und Jarabacoa: Keramikfabrik, Wasserfall, Reiten, Jeep Tour.

Natur pur durch urige Landschaften, mitten durch den Dschungel der Karibik. Ein Ausflug der Sonderklasse.

Santo Domingo: Kolonialzone, Kathedrale, Grotte der drei Augen, Meeresaquarium und das Denkmal von Kolumbus.

Einiges mehr an unvergesslichen Ausflügen bietet Peter zu vernünftigen Preisen an. Wir und unsere Besucher sind mit seinen Angeboten stets sehr zufrieden. Man wird pünktlich am Treffpunkt abgeholt. Gruppen für deutsch-englisch sprechende Personen. Man findet Peter in Cabarete an der Hauptstraße in seinem kleinen Kiosk. Dort findet man Poster und Bilder der Ausflugsziele.

Petercabarete@gamil.com
Phone 829 371 95 31

Unsere Favoriten

Playa Caleton

Eine überschaubare Bucht mit einem sehr schönen Strand! Den Schatten spenden Bäume, der Sand und das glasklare Wasser erwecken diesen Strand zu etwas Besonderem. Es gibt Korallenriffe, die zum Schnorcheln einladen. Einheimische grillen fangfrischen Fisch, Langusten oder frisches Hühnchen auf dominikanische Art.

Am besten besucht man die Bucht wochentags. Werktags besuchen zeitweise nur zwei bis drei Personen den Strand, wodurch die Bucht nicht überfüllt mit Touristen ist. An den Wochenenden allerdings verbringen vor allem die Einheimischen ihre Zeit in und am Wasser.

Rio San Juan ist eine kleine Stadt. Die Gri Gri Lagune befördert Personen in Booten direkt in die Mangroven. Man wird durch die Mangroven in den Motorbooten direkt bis hin zur Playa Galeton gebracht.

Am Strand von Playa Encuentro:

Hier ist es ratsam, niemals alleine schwimmen zu gehen. Die Meeresströmung ist heimtückisch mit einigen Unterwasserwirbeln.

An der Playa von Cabarte:

Surfer, Wellenreiter und Wassersportler kommen hier auf ihre Kosten. Ein Strand, der niemals überfüllt ist. Kleine Strandbuden verkaufen allerlei an Getränken. Ab und zu findet ein Markt statt.

Überzeugen Sie sich selber, suchen Sie sich ihr Ziel aus. Eines kann ich mit Bestimmtheit sagen: Eine Insel, die sehr viel zu bieten hat, wenn man Naturliebhaber ist.

Über die Autorin

Geboren 1954 in Rorschach am Bodensee wanderte ich vor Jahren in die Dominikanische Republik aus. Dort begann ich für verschiedene Magazine Kurzgeschichten, vor allem über Katzen, zu schreiben.
Anfangs schrieb ich unter meinem Realnamen, jetzt nur noch unter dem Pseudonym Ellen Rot.

Mein erstes Buch ›Ab auf die Insel mit Sack und Pack‹ erschien nach der Auswanderung.

Meine Biographie ›Voices of Memories‹ ist im Karina-Verlag veröffentlicht. Das Buch ist nicht für Kinder und Jugendliche geeignet.

Unter Realnamen sind verschiedene Geschichten in Anthologien veröffentlicht worden, unter anderem in ›Jedes Wort ein Atemzug‹: ›Geschichten aus aller Welt‹, ›Geschichten aus aller Welt Teil 2‹, ›Winter- und Weihnachts-Geschichten‹, ›Sonnen und Reisegeschichten‹, ›Vergessene Flügel Teil 1‹ und ›65 Autoren schreiben gemeinsam einen Thriller‹.